掟上今日子の鑑札票

西尾維新

NISIOISIN

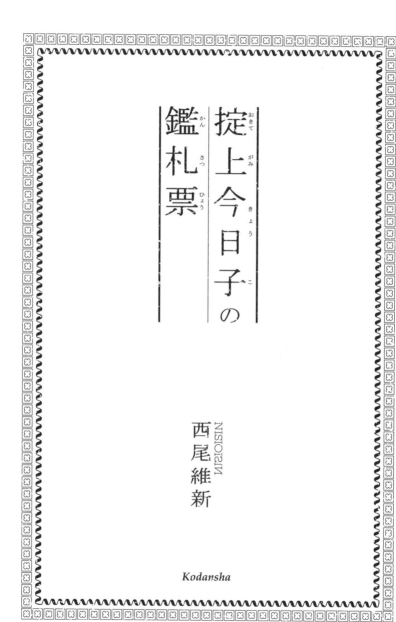

Kodansha

装画／©ＶＯＦＡＮ
装幀／Ｖｅｉａ

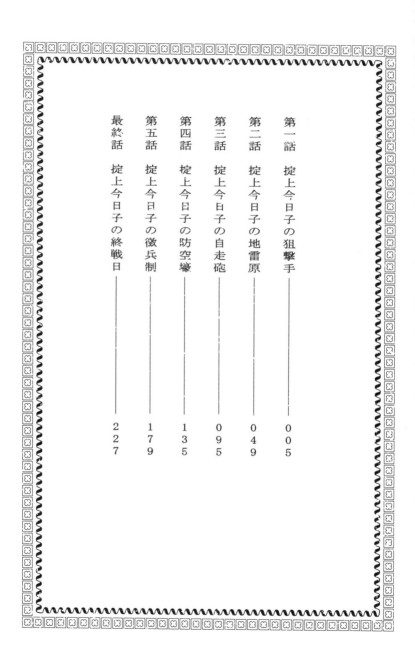

第一話　掟上今日子の狙撃手

1

「一日で記憶がリセットされる守秘義務絶対厳守の名探偵？　ゆえにどんな事件も一日以内に解決する最速の探偵？　はー、よくもまあそんな素っ頓狂な設定を思いついたものですねえ？　まったく信憑性がありません。私がそんなはったりを鵜呑みにするとお思いなのだとしたら、これはこれは見くびられたものですよ」

　忘却探偵という特殊な存在を前にした、極めて一般的な反応を示したのは、しかし、集められた一同でもなければ、聴衆でも、関係者でも、証人でも、目撃者でも、はたまた容疑者でもなかった——これは『彼女』の事件簿における、よくあるスタンダードな導入部に見せかけて、常連客であるこの僕、隠館厄介をしても、初体験のリアクションなのだった。

　なぜなら。

「まったく、人が眠っている間に、こんな風に腕にわけのわからない落書きまでして、おかしな話ですよ。ちゃんちゃらおかしいとはこのことです。『私は掟上今日子。探偵』？　信じるわけがないでしょう、確かに私の筆跡のようですけれど、こんな酔っ払って書いたような意味不明な文面を」

　そう——発言の主は、なんと忘却探偵本人である。

忘却探偵・掟上今日子自身の物言いだ——白髪に眼鏡、ファッショナブルな名探偵。しかし、今、彼女が着用しているのは実用重視の患者衣であって、眼鏡は外されていて、頭が白いのは総白髪のためではなく、ぐるぐるに包帯が巻かれているからだ。

そしているのは、病院のベッドの上だった。

「い——いや、しっかりしてくださいよ、今日子さん。あなたが名探偵でなくて、誰が名探偵だっていうんですか。ほら、お忘れですか？　たとえば、更級研究所でのデータ盗難事件を——あの恐るべき不可能犯罪を」

「はあ？　『不可能犯罪』？　なんですか、それは」

忘却探偵を相手にお忘れですかと言うのも嚙み合わない呼びかけだったが、思い切り怪訝そうな顔をされた。いつもの愛想のいい、いわばビジネスライクな対応が嘘みたいだ。あのにこにこスマイルはどこへ行った。

いや、このずれた嚙み合わなさもまた忘却探偵との、ある種、いつも通りの微笑ましいやり取りのようでいて、極めて決定的に違う——彼女が忘れているのは、盗難事件そのものではない。

今日子さんは『不可能犯罪』を忘れているのだ。

その意味を。

「ふ、不可能犯罪は不可能犯罪ですよ。僕が初めて今日子さんに事件の解決を依頼した『多体問題事件』がその代表みたいなもので――」

「『事件』の『解決』？」

ほら。

もう『解決』がわかっていない――あるいは『事件』もわかっていない。こんな反応、名探偵にあるまじきそれだ。さながら外国語を聞いているかのようなとぼけたリアクションである。

「お、大泥棒の矍鑠（かくしゃく）伯爵や、爆弾魔の學藝員（がくげいいん）9010との切った張ったの対決を、たとえ頭では忘れていても、身体（からだ）が覚えているはずですって！」

「『大泥棒』？『爆弾魔』？」

もちろん、一日で記憶がリセットされる忘却探偵が、彼らヴィランのことを忘れているのは、常連客の僕が忘れられているのと同じくらい当然なのだが――それだけではなく、『大泥棒』も『爆弾魔』も、今日子さんはわからなくなっている。

そう。これはいつもの記憶喪失ではない。

エピソード記憶ではなく――意味記憶を失っている。

それも、ミステリー用語の意味記憶を。

……でも、そんなわけがない。そんなことがあってはならない。今日子さんの唯一のアイデンティティと言っていい『探偵』が、こうもさっぱり、爽やかなまでに失われるだなんてことが――

「お、思い出してくださいよ。『五線譜』事件のあの密室や、『伝言板』事件の毒殺を――」

「『密室』？　『毒殺』？　なんのことだかさっぱりです」

なんのことだかさっぱりですと言われると、なんだろう、僕のほうも、数々の事件そのものがなかったような気分になってくる。『五線譜』も『伝言板』も、ひょっとしたら気のせいだったのかな……、さてもさても。

「で、でも、忘却探偵の八面六臂の活躍が、なんとミステリードラマになったこともあるんですよ？」

「夢の話ですか？」

確かに、今のは夢の話だったかも……、しかしながら、そんなとぼけた反応を示されると、『ミステリー』という言葉自体が、いやはや、ひいては『推理小説』という文化自体が、否定されているようでもある。

エンターテインメントの否定だ。

「まったく、変なことを言う人ですねえ。そもそも、探偵の仕事と言えば、逃げたペットの捜索や、浮気調査でしょう?」

あの今日子さんが、そうも普通の、推理小説に対して一片の愛情もないフレーズを仰るとは……、いったいどうして、こんなことになってしまったのか?

それは忘れもしない、昨日のことである——

2

「た——探偵を呼ばせてください!」

僕のほうの導入は、いつも通りの平凡なものだった。これこそが隠館厄介で、ある意味で慣れたものだとも言える、ありきたりな冤罪である——もっとも、少しだけ風変わりな点もないではなかった。

特記事項がなくもない。

普通、容疑者扱いされるというのは、当たり前ではあるけれど、嬉しいことではない——軽犯罪であろうと重犯罪であろうと、不名誉でない冤罪などない。ただ、あえて例外を挙げるとするなら、今回がそれに当たるのかも知れなかった。

なにせ、スナイパーである。

あろうことかあるまいことか、狙撃犯の疑いを、僕はかけられたのだ——畜生、格好いいじゃないか、実像の不甲斐ない僕よりも。

あらましはこうである。

今回は忘却探偵があの調子だから、僕のほうが個人情報の流出に最大限留意せねばならないので、被害者は仮に、某大企業の重役、ということにしておこう——彼、もしくは彼女は、ある総合病院の一室で、入院中だった。大病を患い、手術を受けるためだったのだが、幸いなことに、術式それ自体は成功した——ただし、それを幸いと思わないどなたかがいたらしい。

そのどなたかが、術後の経過もよく、あとは退院を待つのみだった重役を、はるか遠方から、窓越しに狙撃したわけである——病室（もちろん個室だ。ＶＩＰ室）の窓に空いた弾痕は三つ。

重役の身体に空いた穴も三つだった。

快癒に向かう重役を快く思わなかったどなたかが雇ったと思われる刺客が、かなり腕のいいスナイパーであることは認めざるを得まい。それこそ非現実めいた物言いになってしまうけれど、恐らくは『殺し屋』と言ったところか……、『名探偵』よりも、あるいは絵空事めいている。

ただ、病み上がりの身体を穴だらけにされながら、それでも命を取り留めたのだから、お偉いさんというのは大したものだが、さすがに意識不明の重体で、現在集中治療室に入って、まだまだ予断を許さない状況だ……、元々、予断を許さず見守っていた主治医も、こんな再手術は想定外だっただろう。

スナイパー。狙撃手。

まあ何と言うか、一種ロマンのある存在である……、そんな呑気なことを言っているから、その濡れ衣を着せられるのだと反省することしきりではあるが――当該の大病院とも、または重役の勤める大企業ともまったく関係のない、苦労して見つけた新たな就職先であった、遠く離れた建設現場の高層階で作業中だった僕は、あれよあれよという間に、駆けつけた警察官に確保されてしまったわけである。

なんでも僕が作業を担当していた部屋が、重役の入院する個室に射線の通る絶対の、そして唯一無二の狙撃ポイントだったとか――悪いことに、どこの現場も人員不足で（そうでなければ、僕のような素性の怪しい人間を、そうそう雇ってはくれないわけだが）、単身での作業だった。

なにせ狙撃犯だと思われているわけだから、駆けつけた警察官というのは、ほとんどＳＷＡＴみたいな突入チームだったことも付け加えておこう――というわけで、例によって例のごとく、例を出すまでもなく。

「た――探偵を呼ばせてください！」

である。

3

その後もしばらくはお約束通りの、平和な時間が続いた――むろん、殺人未遂事件の真っ只中であり、被害者は今も生死の境をさまよっていて、僕も最有力の容疑者として確保され続けているわけで、まったく物事は平和裏に進行していないのだけれど、それでもこれが僕こと冤罪王の日常であることに違いはない。

言うまでもなく僕が呼んだ探偵は今日子さんだ。敵がロングレンジのスナイパーである以上、最速の探偵を呼ばずにどうする？　彼女の推理は弾丸よりも速い、真犯人の逃げ足よりも。

そう思っていたのだ。

真犯人が逃げているはずと思い込んだ、僕の痛恨のミスと言ってもいい――が、そんな自覚など、渦中の僕にあるはずもなく。

「初めまして。探偵の掟上今日子です」

そんなお決まりの挨拶をするが早いか、それとも速いか、総白髪の名探偵は早速、ＶＩＰ

個室に現場検証へと向かった——僕もそれに同行することになった、腰縄つきで。

それが手錠ではなかったのは、確保されたとは言え、そして狙撃ポイントにいた巨体の男は最有力の容疑者とは言え、凶器であるスナイパーライフルも所持しておらず、他に何の証拠もなく（当然だ！）、逮捕されていたわけではなかったからである——取り調べはあくまで任意の、重要参考人である。

重要参考人でも腰縄はおかしいが、野暮は言うまい。

しかし、僕が重要扱いされるのは、こういうときくらいのものだ。被害者の重役とは、比べるべくもない。

「ふむふむ。この病室で被害者は、狙撃されたというのですね——なるほど、これが窓に空いた弾痕ですか」

腰縄で拘束されたクライアントに構うことなく、可及的すみやかに、てきぱきと今日子さんは現場検証を進める——刻まれた三つの弾痕にまったく臆さないのは大したものだ。弾痕のみならず、ベッドや床の上に散見される血痕のほうにも、僕なんてのはビビりまくりなのだが……。

病室に這入る気にもなれない——なったところで、証拠隠滅の恐れがあるため、そもそも僕はドアから先には入れてもらえないのだが。

犯行現場の敷居をまたげないとは。

今日子さんは臆するどころか、その弾痕を覗き穴の双眼鏡代わりにして、病棟の外を見遣る——病棟の外と言うか、僕の労働現場と言うか、いや確保と同時にクビになったから（書類上は昨日辞めていたことになった。なんという組織防衛）『元』労働現場の、建築中のビルディングである。解体中だったかな？　まあどっちかだ。

「確かに、雨後の竹の子のごとくビルディングの林立するこの竹林的大都会では、狙撃の射線は限られますね——これはこれで摩天楼です。しかし、あの位置から三発とも命中させるだなんて、凄腕のスナイパーじゃないですか、隠館さん」

「いやあ、それほどでも——」

違う違う。僕じゃない。

クライアントを引っかけて自白を引き出そうとしやがった、この名探偵。『初対面』ゆえに疑念を持つのは仕方がないとは言え、常連客に対してなんて仕打ちだ。依頼人＝犯人のパターンを真っ先に疑っている。

「で、でも、必ずしも腕がいいとは言えないんじゃないですか？　だって、命中させたとは言え、被害者は存命中なわけですし」

三発当てて殺せていないというのは、むしろ不手際なのでは？　と、苦し紛れに言った僕の釈明（？）に、今日子さんは、「おやおや。まるで存命中であることが、不都合であるかのように仰いますね」と、追及の手を緩めない。茶化すような口調だが、目はマジだ。

疑惑が深過ぎる。無慈悲だ。

「ちなみに、その被害者の重役さんは、どういったご病気で入院されていたのでしょう？」

「肺癌です。患者様は、いわゆるヘビースモーカーでしたので」

ここで同席していた看護師が、被害者のプライバシーをあっさり公開したのは、今日子さんが忘却探偵であるがゆえだ——一日経てば、事件にかかわるすべての情報がリセットされる。ちなみに僕は、取調室でのやり取りで、被害者の既往歴については知らされていた。

「手術が必要なくらい、ステージは進んでらっしゃったということですね。しかし、喫煙者だったにしては、この部屋からは煙草の匂いはほとんどしませんが？」

「禁煙に決まっているでしょう。今はどこもそうですよ」

一日ごとに記憶がリセットされる副作用で、今日子さんの知識はある時点からアップデートされることはない——もっとも、大病で入院中なのだから、そうでなくとも喫煙など、許されるはずもあるまい。

しかし、だからどうしたというのだ？　まさかスナイパーは、煙草の火を目印に狙撃をしたとでも、お洒落なことを言い出すつもりだろうか。

「ええ、その通りです」

「は？」

てっきりウイットに富んだのだと思ったが、今日子さんは弾痕から目を外し、その場でくるりと回転するようにして、軽やかにこちらを振り向いた。

「まさしくスナイパーは、喫煙中の被害者を狙ったのでしょう――もしかすると、強固な禁煙推進派だったのかもしれませんね」

「ま、まさか今日子さん……、もう犯人がわかったって仰るのですか？」

「はい。私にはこの事件の真相が、最初からわかっていました」

そんな馬鹿な、いくらなんでも最速過ぎる。それじゃあ最速の探偵どころか、瞬間移動の探偵だ――という、僕のナイスリアクションまでが、言うならいつも通りの教科書通りだった。

型にはまったマニュアルに従った語り部だった。

オーソドックスはここまでである。

突如、何の前触れもなく、つまり『銃声もなく』――今日子さんの背後で、窓ガラスが粉々に割れたかと思うと、ほとんど同時に、彼女の小さな頭が激しく揺れ、体躯が前方にぐらついた。そしてそのまま、病室の床へと倒れ込む。

銃声があったのは、そのあとだった。

「きょ――今日子さん！」

真相に達した忘却探偵が口封じのために、遥か遠方よりスナイプされたのだと理解できないままに、僕は叫んだ。探偵を呼んだ。

白髪が鮮血に染まる。

4

厳密に言うなら、真相を看破した今日子さんの口を封じるために、犯人があるまじき凶行に及ぶという展開自体は、これまでに皆無だったわけではない――むしろ頻繁にあることだった。誰もが同じことを考える。

だって、眠れば記憶を失う名探偵である。

たとえ真相を看破されようと、推理を隙なく固められようと、ひとたび眠らせることさえできれば、犯人像など忘却の彼方だ――眠気覚ましのコーヒーに睡眠薬を混入させるとか、クロロフォルムを嗅がせるとか、催眠術とか、はたまた退屈な映画とか、これまでも、数々の犯人があの手この手で、名探偵を眠らせようと趣向を凝らしてきた。

だから珍しくもないのかもしれない――忘却探偵の頭脳に、ライフル弾を撃ち込む凶行に及ぶ者がいたとしても。

ライフル弾。

そんなものが、文字通りの頭脳に直撃すれば、いかにタフで知られる今日子さんといえど、ただでは済まない――せめて麻酔弾であってほしかった。

その場が病院だったことが、そして現場検証に看護師が同席していたことがせめてもの救いだった、と言っていいのかどうか――看護師の手によってすぐさま彼女は担架へと乗せられ、そのままＥＲへとダイレクトに運び込まれた。

「大丈夫！　弾丸は貫通しています！」

当直の医者はそう言ったが、果たして、弾丸が貫通しているのは、いいことなのかどうか……、特に、撃たれたのが頭部である場合は。そう言えば、集中治療室にいる重役の身体に撃ち込まれた弾丸は、三つとも、体内から摘出されたとのことだったが……、両名ともに、即死でもおかしくなかった。

名探偵が狙撃された。

こうなるともう、スナイパーの濡れ衣が格好いいとかスタイリッシュとか、ましてロマンだとか、とても言っていられない状況だし、窓ガラスの弾痕にビビって、病室に這入れなかったことが、悔やまれてならない……、もしも僕が室内にいたなら……、いや、音速を超えて飛んでくる弾丸が相手じゃあ、いくら僕の巨体でも、今日子さんの盾になることは不可能だった。

まして腰縄で拘束されていたとなると……。

最速の探偵に、弾丸よりも速くあれと望むなんて、僕はなんて馬鹿だったのだろう――危機感が麻痺していた。こんな危うい現場に今日子さんを呼ぶべきではなかったのだ。なぜガンマン探偵を呼ばなかった？

もっとも、自身は手術室に直行することになりながら、今日子さんは決して、指名を受けた名探偵としての役割を果たせなかったわけではない。突き止めた真相を公開する前に、凄惨にも口封じの弾丸を浴びてしまったけれど、しかしその被害自体が、僕の冤罪を晴らしてくれた――僕を拘束していた腰縄は解かれたのだ。

なぜなら、いわばこの『第二の犯行』に際して、僕にはどんな弾丸でも貫通できない鉄壁のアリバイがあるからだ――腰縄を持つ警察官と、その場にいた看護師が異口同音に証言してくれる。

今日子さんが撃たれたとき、僕は遥か離れたビルディングの、唯一無二の狙撃ポイントにはいなかったと――しかし、容疑者としてはなんとも皮肉である。犯行現場にいたことが、現場不在証明になるなんて……。

ともあれ僕は、今日子さんがＥＲから出てくるまでの三十時間、まんじりともせずに、待合室で待ち続けた――腰縄で拘束されていたときより、よっぽど身動きできなかった。端からはまるで妻の出産を待ちわびる夫のように映ったかもしれないが、実際はそんないいものではない。

これで今日子さんに万が一のことがあるようであれば、腹を切りつつ首をくくって服毒しながら入水するしかないと、そんな、何の償いにもならない決意をしていただけだった――

そして三十時間後。

白髪頭に包帯を巻いて、ＥＲから出てきた名探偵は、しかし名探偵ではなくなっていたというわけである。

記憶喪失。意味記憶の喪失。

『密室』の意味も『毒殺』の意味も『容疑者』の意味も『推理』の意味も『アリバイ』の意味も『動機』の意味も『一人二役』の意味も『誘拐』の意味も『ＤＮＡ鑑定』の意味も『語り部』の意味も『首なし死体』の意味も『日常の謎』の意味も『館』の意味も『嵐の山荘』の意味も『交換殺人』の意味も『双子トリック』の意味も『入れ替わり』の意味も『連続殺人』の意味も『時刻表』の意味も『共犯者』の意味も『家系図』の意味も『爆弾魔』の意味も『ルミノール反応』の意味も『自白』の意味も『偽証』の意味も『状況証拠』の意味も『予

告状』の意味も『叙述トリック』の意味も『ダイイングメッセージ』の意味も『バラバラ殺人』の意味も『見立て』の意味も『言葉遊び』の意味も『秘密の暴露』の意味も『消去法』の意味も『帰納法』の意味も『ハウダニット』の意味も『本格ミステリ』の意味も『手記』の意味も『三段論法』の意味も『隠し通路』の意味も『アンフェア』の意味も『ミッシング・リンク』の意味も『社会派』の意味も『性別誤認』の意味も『後期クイーン問題』の意味も『血液型』の意味も『倒叙もの』の意味も『ドグラ・マグラ』の意味も『どんでん返し』の意味も『プロバビリティの犯罪』の意味も『わらべ歌』の意味も『占い』の意味も『遺書』の意味も『助手』の意味も『伏線』の意味も『理系ミステリ』の意味も『医療ミステリ』の意味も『警察小説』の意味も『ピカレスク』の意味も『暗号』の意味も『捕物帖（とりものちょう）』の意味も『変装術』の意味も『二段組』の意味も――『守秘義務』の意味も『記憶喪失』の意味も。『探偵』の意味も、忘れてしまったのだ。

5

「こ――コナン・ドイルはわかるでしょう」

「もちろんわかりますよ。あのSF作家のかたですよね？」

「エドガー・アラン・ポーは？」

「恐怖作家の」

ひたすら噛み合わない会話。

この二大巨頭が通じないとなると、いよいよである——僕は今、いったい誰と話しているんだ？　ミステリー用語どころか、ミステリーそのものの意味を忘れてしまっている……、もちろん、記憶のリセットなんて、今日子さんにとっては日常茶飯事、どころか、文字通りの朝飯前ではある。

けれど、それでも、自分が探偵であること、名探偵であることだけは忘れなかった——正確に言うと、それだけは、何度忘れようとも、思い出していた。

左腕にある、直筆の備忘録を見ることで。

しかし、その備忘録さえも、『探偵』の意味を見失っている状態では、何の役割も果たせない……、部屋の掃除をしているときに出てきた昔のメモ帳を見てもさっぱり意味不明なのと、似たようなものだ。

探偵にまつわる知識だけを忘れるなんて……。

こんな器用な記憶喪失がありえるのか？　いや、記憶喪失には様々な、奇々怪々のパターンがあることは、重々承知しているが……。

「他ならぬ脳を撃たれたわけですから、なんでも起こりえます。言わせていただければ、ああやって意識を保って、普通に喋れていることが、医学的にはミステリーなくらいで」

　とは、三十時間、不眠不休で臨んでくれた執刀医の言葉である。彼には感謝しかないけれど、その突き放したような言いかたにはかちんと来てしまった。

　僕も人間ができていない。

　だが、確かに、まだ集中治療室から出て来られない重役のことを思えば、今日子さんが早くも一般病棟にいるのはほとんど奇跡だ。

「そもそも、二度目ですからね」

「はい？」

「あのクランケが、頭を撃たれたのは。今回の弾痕の他に、昔の手術の痕がありましたよ――脳を二回も撃ち抜かれて生きているなんて、ベテラン脳外科医の私から見ても異常なケースです」

　突き放したような物言いになっているのは、名探偵ならぬ名医特有のクールさというわけではなく、今日子さんのタフさに常識人として引いていただけなのかもしれない――今日子さんが一命を取り留めたことについて、どっぷり安堵の気持ちに浸っていたはずの僕も、同様に青ざめた。

　二度目って――いや、一説によると今日子さんは、探偵を名乗る以前、海外で活動していた時期があるそうだ。紺藤さんからそう聞いたことがある。

ならば、渡航地域にもよるけれど、その身に銃弾を浴びた経験が、今回が初めてでなくても、そうおかしなことではないのだろうが……、それにしても、脳に二発とは。今日子さんが狙撃されるだなんて、新本格ミステリの象徴とも言える雑誌メフィストが休刊になるくらいの衝撃だと思っていたが、しかし考えてみれば、メフィストは以前にも休刊期間を設けてリニューアルしたことがあった。

「今回はライフル弾ですが、前回はいわゆる拳銃の、９パラ弾のサイズだったようですね」

つまり、一発目は至近距離から撃たれたわけだ。

そんな会話と言うか、カンファレンスを思い出して、僕はふと思い至る——なんとなく、僕は、そして僕らは、忘却探偵の健忘症は、心因的な症状であると決めつけていたけれど、あるいはそうとは限らないんじゃないのか？

交通事故で記憶を失う、なんてのは、コミックでお馴染みの、ともするとご都合主義との批判も浴びる展開ではあるけれど、同様に、今日子さんの健忘症も、かつて浴びた銃弾に原因があって——今回、それが思わぬ形で繰り返されてしまったのでは。

素っ頓狂を通り越して、なかなか奇天烈な話ではあるけれど、確かに、こうして生きているだけでも奇跡なのだ。

何が起きても不思議ではない。

あるいは——何が眠っても。

「…………」

いや。

案外、これでいいのかもしれないな、と、僕は思った——今日子さんに、自身が探偵であることを思い出させるために病床に張り付いて、病み上がりの今日子さんにあれこれと不躾（ぶしつけ）なミステリー用語を投げかけてきたけれど、こんな風に、辞典と首っぴきになって五月雨式に負担をかけ続けるよりも、僕にはもっと他に、するべきことがあるんじゃないだろうか？

彼女の親族に連絡を取ること——は、難しい。

僕の知る限り、今日子さんは天涯孤独だ。

親の話も、きょうだいの話も、もちろん伴侶（はんりょ）の話も、聞いたことがない。

忘却探偵の性質上、親族でなくとも、親しくしている人間というのがほとんどいないわけで……、常連の依頼人は僕の他にもたくさんいるだろうが（その中には警察関係者も含まれる）、こういうときに連絡を取られたくない事情を抱（かか）えているから、彼ら彼女らは忘却探偵に依頼するのだった。

つまりそういうことである。

彼女が毎日のように記憶を失い続けながらも探偵であり続けるということは、世間との、社会との、人間との関係性を失い続けるということでもある――隔絶だ。撃たれて死にかけたときに、僕のような冤罪王しかそばにいないなんてことがあっていいのか？

今日子さんには、今日しかない。

何もない。

だったらちょうどいいじゃないか。その今日こそが変わり目だ。

探偵であることを忘れ、探偵の意味も忘れたと言うのであれば――もう今日子さんが、探偵である意味もない。探偵であることがしっくりくると、いつか彼女は言っていたけれど、かろうじてあったそのニュアンスすら失ったのであれば、もうスリリングな謎解きなどに、こだわらなくていい。

危なっかしい冒険は卒業だ。

以前にも僕は、今日子さんが『名探偵』を続ける是非について考えたことがあった――何度もあった。けれど、今回のこれは、ものが違う。なにせ被弾したのだから――それも真相に近付いたという理由でだ。

僕が彼女の親族であるなら、あるいは友人であるなら――もしも恋人であったとするなら、それこそ腰縄でふん縛ってでも、引退させるべき局面である。

どんな職業でも普通は引退だよ、銃で撃たれたら。

それも二度目——一度目は至近距離から、二度目は遠方から——人生でいったい何があれば、二回も撃たれることになる？

二度あることはと言うけれど、三度目なんて、絶対にあってはならない。

ならば僕がするべきことは、こうして彼女を、必死こいて探偵のありように復帰させるべく、四苦八苦することではないのだ——そう、お洋服を買いに行こう。いつまで我らがファッションリーダーに、実用重視の患者衣を着させているつもりだ？　新進気鋭のデザイナーを探し当て、今年の新作を買わせていただこうじゃないか。

「まったく、おかしな人ですねえ、隠館さんは」

と、今日子さんは呆れ顔を見せた。

「だいたい、あなたは狙撃犯なんですから、早く警察に出頭しなくちゃいけないじゃないですか。こんなところで私にかかずらっている場合ですか？」

「………え？」

今日子さんにかかずらってる場合じゃない場合なんてのは僕にはないけれど……、なんだって？　ショッピングのためにフィレンツェへの航空便を予約するところまで考えを進めていた僕だったが、そんな渡航計画を即座に中止せざるをえない発言があった——『隠館さん』？

確かに僕は、まごうことなく隠館厄介だが——どうして今日子さんがそれを知っている？　それを忘れていない？　したんだっけ、昏倒(こんとう)した今日子さんが大手術のあと、目を覚ましてから、どこかのタイミングで、自己紹介を？　そんな隙間があったか？

いや、仮に承認欲求をねじ込んだとしても——狙撃犯？

僕が狙撃犯だって？

「だってさっき、隠館さんは警察官のかたに、腰縄で連れられていたじゃないですか。おまわりさんに確保されているのですから、あなたが狙撃犯に決まっているでしょう」

あたかもこの世に冤罪など存在しないかのような、すごく純朴なことを言っているけれど、いや、それはともかく——どうしてそれをも、覚えている？　守秘義務絶対厳守の探偵なのに？

はあ？　『だってさっき』だって？　僕が腰縄で繋(つな)がれていた事実は、今日子さんにとって、忘却した『昨日』の出来事のはずなのに——名乗ったかどうかは定かではないけれど、事件の概要を説明するようなことは、絶対にしていない。まして腰縄で繋がれていた醜態など、誰が進んで話すものか。

既に僕の冤罪は晴れたも同然だったわけだし——『確保された時点で犯人に決まっている』というような、今日子さんが一般のかたみたいなことを言っているのは残念でならないとして、しかし、それを覚えているのなら……。

脳を貫かれ、人が意識を失わないわけがなく……、また、脳手術を受けている最中に無麻酔なんて、ありえないわけで？　ならば当然リセットされるはずではないか、僕の名前も、僕の腰縄も。

待て待て、浮き足立つな。冷静に考えろ。お前はクールな男だ。

整理するんだ。推理するんだ。

エピソード記憶の喪失と、意味記憶の喪失。

このふたつを、今の今まで僕はごっちゃにしてしまっていたけれど……、しかし、目覚めた今日子さんが、左腕の備忘録を見てもぜんぜんピンと来ていない様子を受けて混乱してしまっていたが、そう言えば今日子さんは、自分が病院にいること自体には、疑念を持っている風はなかった。

そりゃあ頭を撃たれているのだから、病院にいて当然だと判断したのだとも言えるけれど、もしかしたら、違う風にも言える――依頼を受けてここに呼び出されたことを覚えているから、とも。

更級研究所での事件や、怪盗『瞿鑠伯爵』、爆弾魔の『學藝員９０１０』、あるいは『五線譜』事件、『伝言板』事件などを忘れていたが、考えてみれば、それらを忘れたのは、言わばその日ごとの今日子さんである――日めくり今日子さんなのだから、ある意味、知らなくて当たり前だ。撃たれて忘れたわけではないし、撃たれる前に訊いても忘れていた。

言い換えると、今回の狙撃による昏倒で今日子さんが喪失した記憶は、あくまで狙撃された当日の記憶に限られる――はずなのに、しかし、それに関しては覚えているとなると、話はまったく変わってくる。

心因性でない、物理的な記憶喪失……。

二度にわたる脳への被弾……、二発目のライフル弾が、一発目の9パラ弾の効力を上書きしたのだとすれば……。

あるいは、こうも言える。

忘却探偵は記憶喪失であることを忘れた。

わからない。

「…………」

今日子さんは失った記憶を失っていない振りも、逆に、眠っていないのに寝た振りをして、記憶喪失の振りもできる人だ。変装が得意な名探偵は、演技派女優なのである。単純に、僕の言葉の端々から、起きた事件を推測しただけかもしれない――推理の意味は忘れても、通常の人間がおこなう一般的な推測までができなくなったわけではあるまい。

ならば……、試してみるしかなかろう。

記憶力のテストだ。

それもただの暗記問題じゃ駄目だ、今日子さんにしか答えられない、もっと言えば、『昨日』の今日子さんにしか答えられない難易度の設問をしなければ。

つまり、それは真相しかない。

真犯人がライフル弾を撃ってまで口止めしようとした、事件の真相――それを今日子さんに、ミステリー用語を使用せずに、答えてもらう。

まるでカタカナ禁止のルールみたいになっているが、僕は大真面目である。同時にそれは、僕の冤罪を完全に晴らすことにも繋がる――僕は今日子さんを狙ったスナイパーでは確かにないが、第一の被害者である重役のみを撃ったのだとする容疑が残っていないわけじゃない。

実のところ濡れ衣はまだ半脱ぎなのだ。

色気を醸し出している場合ではない。

「さて――」

切り出しかけて、僕は口ごもる。謎解きを前に『さて』と言うのは、早速ミステリー用語だ。腰縄はほどかれても、思いのほか厳しいルールに自縄自縛される僕を、忘却探偵、いやさ元忘却探偵は、より怪訝そうに見るのだった。

6

「今日子さん、僕を狙撃犯だと断定するのはいささか早計かもしれませんよ。ほら、ひょっとしたら他に真犯人がいるかもしれないって、考えたりはしませんでしたか？」

「し――『真犯人』？」

おっと、『真犯人』がもうレギュレーション違反か。厳しいな。しかし確かに、『真犯人』という言葉からは、ただの犯人の裏に隠された、ミステリアスなイメージが連想されてしまう。ミステリアス、つまりはミステリー用語だ。なんらかの『どんでん返し』を予想させてしまうような物言いは、基本的に避けたほうがよさそうだ――あくまで論理的思考に導かれた結論だと思ってもらわねば。

……論理的思考はセーフだよな？

「いやいや、普通に考えて、僕以外にも被害者の重役を狙撃できた人間はいたんじゃないかと言いたかったんです」

「普通に考えて――そうですね、そう言われてみれば、私もあのとき、普通に考えたような……？」

ぼんやりとした記憶を探るような仕草（しぐさ）をする今日子さんだったが、そのモーションが、果たしてリセットに基づくものなのか、それとも単に、術後の麻酔が血中に残っていて、ただぼんやりしているだけなのかの判断はつかない。

「だけど、狙撃ポイントの工事現場にいたのは、隠館さんお一人だったわけで……」

「しかし、作業中の僕はスナイパーライフルを持っていなかったんですから、証拠不十ぶ――いえ、そこから被害者をスナイプすることはできなかったわけで。スナイパーライフルはその後、今日子さんの狙撃にも使用されたわけですから、パワーショベルやらを使って凶器を隠滅したということもない――」

「『凶器』？　『隠滅』？」

やりにくいなあ。

えっと……、『凶器』はスナイパーライフルでいいとして、『隠滅』は……、『台無しにする』？　『見つからないよう壊す』？

「そう……、ですね。だとしたら――隠館さんは……、犯人じゃあ、ないのかも……？」

白髪頭ならぬ包帯頭を支えるようにしながら、今日子さんはもやもやと呟く――頭痛を堪えているようでもある。いや、まあ、まさしく頭を撃ち抜かれた直後なのだから、頭痛どころではあるまいが。

「しかし――それでも、あなたはなんだか怪しい……、挙動不審で、いかにも犯人っぽい……」

本能的に冤罪王の資質を見通しているのだとすれば、やはり根っからの名探偵であると感嘆せざるを得ないけれど、それでもちゃんと傷つく台詞(せりふ)である。だが、ここで『いかにも犯人っぽくない人物こそが真犯人なんですよ』という、ミステリーの鉄則を披露してはならない。

あくまで普通の会話で、今日子さんの推理を掘り起こすのだ。

「……犯人は、隠館さんがいたビルの高層階とは別の場所から撃ったのでしょうか?」

「でも、他にあの病室に射線の通った狙撃ポイントはないわけですよ。僕が犯人じゃないなら、犯人はいったいどうやって被害者を……」

なぜ僕が、自ら己が犯人である方向にパターンを絞らねばならないのか、不可解ではあったが、仕方がない。真相に到達するためのトランジットだ。

「別の場所から撃っても、強風が吹いたとか、気圧差とかで、なんとかなったんじゃないですか?」

およそ名探偵らしからぬ、軽薄な仮説を立ててきよる……、三十時間前の今日子さんが、そんな適当な推理を打ち立てていたとは思えない。やはりすっかり忘れてしまった? 狙撃にまつわる真相は、忘却され、リセットされてしまったのだろうか——いや、まずは僕が思い出せ。

あの日、今日子さんは何を言っていた？　名探偵らしく、謎解きの前に匂わせていたはずだ、真相の一端を。

張っていたはずだ、伏線を。

今日に限っては、探偵の象徴でもあるあの台詞を僕が言うのだ――今、なんと仰いました？

「……違う場所からでも、何か目印のようなものがあったら、あの病室を狙いやすい可能性もありますね」

「『可能性』……？」

「数学的な意味での可能性です。天気予報と同じです。または、子供達の可能性、みたいな意味合いです。無限ですよ。何も不思議なことは言っていません！」

今日子さん相手にあまりしたい行為ではなかったが、語気を荒らげて、ここは弱く引かず、強引に押し切るしかない。『可能性』までＮＧワードに加えられては、何も口が利けなくなってしまう。

「……つまり、高性能のレーザーポインターか何かを、隠館さんは使用したのですか？」

僕の容疑がいまだに晴れていない。

それにレーザーポインターじゃない。

「えーっと、そう……、被害者は、あれを吸っていましたよね？」

「血ですか？」

「じゃ、なくて……、煙管じゃなくて、葉巻じゃなくて……」

「紙巻きですか。そう言えば、喫煙者でしたね」

と、今日子さんは思い出したように言った——思い出したように。

リセットされる忘却探偵には、ありえない。

「煙草の火を目印に——隠館さんにそう言われて、私は確かに、頷きました。まさしく、と——」

喚起された記憶の再生は止まらない。

忘れ去られたはずの推理が、今日子さんの中で蘇る——だが、ここで気を抜いてはならない、ミステリー用語を使用しないままに、最後まで駆け抜けなければ、何も証明できない。QEDと言うために——QEDは駄目だ。あれを数学用語だと言い張ることは、我々ミステリー王国の国民にはできない。不可能犯罪よりも不可能だ。

「そうですか。煙草を目印に撃ったんですか、隠館さんは。あるいは、弾丸の先端に蛾を止まらせていた。飛んで火に入る夏の虫のように、その蛾が煙草の火に、弾丸をホーミングしたと仰るわけですね」

「待ってください。そんな愚かしい仮説——じゃなくて、愚かしいファンタジーを、今日子さんが抱くはずがないじゃないですか」

網羅推理のひとつとしてはありえるかもしれないが、その名称も使用できない。そしてさりげなく、まだ僕が撃ったことになっている——相手が名探偵でなければ、疑義ってこんなに晴れないのか。

「そもそも、禁煙でしたから、病室の中で煙草は吸わなかったでしょうね。肺を悪くされての入院でしたし、担当医から固く禁じられていたはずで」

「禁じられていても、こっそり吸われるんじゃないですか?」

ああ、そうか。僕自身は喫煙者ではないからその感覚を理解しているとは言えないけれど、煙草の中毒性はアルコール以上だとも聞く。肺癌を患うほどのヘビースモーカーだったから煙草を禁じられたと言うが、逆に言うと、そのくらいのヘビースモーカーゆえに、禁煙は難しいという考えかたもできる。だけど——

「——だけど、病室に煙草の匂いはほとんどついてなかった……、ん、ですよね?」

僕が促すまでもなく、先に今日子さんが言う——思い出す。

「つまり、病室内で煙草はお吸いになっていない——蛾の性質を利用した生物兵器プランは、実行されていない……」

　そのプランが生きていたことに驚くが——『生物兵器』はミステリー用語にあらず、か。動物トリックと言えば、途端、通じなくなってしまいそうだ——、ともあれ、今日子さんは続けた。

「……でも、病室の外でなら、お吸いになっていたかもしれませんよね」

「？　ああ。どこかにあるのかもしれませんね、喫煙所が。お医者さんや看護師さんでも、吸う人はいるでしょうし。院内を完全に禁煙にするというのも無体な話です。空気と同様、人権も守らなければ。だから、どこか目立たない場所に設置されて……」

　でも、喫煙を禁じられた重病の患者が喫煙所で煙草を嗜んでいるところを目撃されるのはまずかろう。いくら大企業の重役と言えど、そんな無茶は通るまい。ならば——ならば、目立たないどころか、どこか人目につかない場所で——いざというときはすぐに自分の病室に戻れるくらいの距離の、人目につかない場所で——廊下の奥のほうとか、空き部屋とかで——

「窓を開けて、一服していたんじゃないでしょうか——あの日の私がそう考えたことを、今、思い出しましたね」

　あまりにさらっと言われたので、それが謎解きのキーとなる一文であるということに、僕は咄嗟には気付けなかった。見得も切らずに、決め台詞も添えられずに。とても名探偵の謎解きとは言えない。

しかし、謎は解けた。

そうか、『ホタル族』なんて言いかたは、今時はもうしないだろうが……、こっそり喫煙するならば露見しにくいよう、匂いも残さないよう、風通しのいい場所を選ぶだろう——もしかすると屋上かもしれない。

ともかく、窓の閉まった病室じゃない、どこか解放的な別の場所で喫煙しているところを——別の狙撃ポイントから射線が通っているところを、重役は狙撃された。

狙撃されたらどうなる？　今日子さんのように、その場に昏倒するか？　大抵はそうだ。だが、昏倒しなかった場合は、とにもかくにも這う這うの体でその場から離れて、安全な場所に避難しようとするはずだ。本能的に。生存本能的に。物陰に隠れたり、うつ伏せになって縮こまったり——医者や看護師に見つかりそうになったときに、すぐ自分の病室に戻れるくらいの距離で喫煙していたとするならば、帰巣本能的に、一目散にそこに逃げ込むかもしれない。

そして、そこに辿り着いて安堵し、気が抜けて、そのまま意識を失えば。

病室で狙撃されたように偽装される——被害者自身の、死ぬ気の逃避行動によって。

スナイパーライフルという凶器を使いながら被害者を即死させられなかったのも、弾丸が一発も貫通していなかったのも、まさか腕が悪かったわけではなく、狙い通りだったのか——即死させてしまえば、被害者にその後、目論見通りの逃避行動を取らせることができないし、三発の弾丸が体内に残らず貫通してしまえば、その弾丸や、壁や床に刻まれるであろう弾痕が、証拠として真の現場に残されてしまうから。

だとしたら——凄腕スナイパーだ。

正確無比にも程がある。

病室の窓ガラスに空いた弾痕は？

そんなの、元から空けていたに決まっている——工具を使って、ライフル弾サイズの穴をくり抜けばいい。そう言われてみれば、おかしかった。窓ガラスに三つの弾痕？　しかしあれは、防弾ガラスでもなんでもない、ごく普通の窓ガラスだ——いくらＶＩＰルームの窓でも、ライフル弾が直撃なんてしたら、三発どころか一発でも、粉々に割れる。

今日子さんが撃たれたときのように、粉々に。

つまり、僕に限って言えば、あの瞬間に真相に気付いていてもよかったくらいだ——今日子さんが目の前で撃たれて、そんな方向に知恵を回せと言われても、ご無理ごもっともと言うしかないけれど。

ああ、こうなってみると明らかだ。今日子さんが、窓ガラスの穴を双眼鏡代わりに、狙撃ポイントと目されていた僕の元職場を眺めていたのは、あれは遠く離れた工事中のビルディングを見ていたのではない。

弾痕そのものを見ていたのだ。

それがライフル弾によって抉られた穴なのか、それともそう装っているだけの、偽の弾痕なのか——偽の弾痕だとすれば、その偽装工作を行うのはさほど難しくないだろう。検査やら、あるいは喫煙やらで、被害者が病室を空けることが珍しくなかったのだとすれば——裏を返せば、それが犯人の特定に繋がるかもしれない。

無人の病室への偽装工作が可能な人物。かつ、秘密の喫煙所から病室までの動線、被害者の避難経路に、少なからず散らばったと思われる血痕の始末が可能な人物——さすがにあのつっけんどんな主治医ということはなかろうが、病院関係者か、それに変装した人物……。

「——でもまあ、あはは、ちょっと考え過ぎでしたね、あの日の私は。笑っちゃいますよ。人をひとり殺すためだけに、そこまであれこれ策を弄するかたがいるわけないじゃないですか。そんなの全然、現実的じゃありませんってば。いけませんよ、隠館さん。いくら自分が犯人だと認めたくないからと言って、そんなありもしない妄想をでっち上げたりしたら」

多方面に向けてめくるめく緊迫する僕とは対照的に、今日子さんはあっけらかんと、己の推理を妄想とこき下ろすのだった——そして更に、こうも言う。

「私を狙撃したのも、どうせ隠館さんですよね？」

7

ミステリーの文脈では、一度容疑の晴れた関係者は、その後、疑われることはないはずなのだが（むろん、それを逆手に取ったトリックも定番だ）、今日子さんの疑いは最後まで強固だった——遺憾と言う他ないけれど、しかしどうあれ、この『秘密の暴露』によって、彼女の推理が、つまり記憶がリセットされていないことが白日の下に晒された。

この事実をどう捉えるべきなのだろう？

一日で記憶がリセットされる忘却探偵は、眠ろうとどうしようと記憶がリセットされない、不忘の探偵になった。むしろ記憶は牢記されている。元々、忘却探偵時代も、一日以内の短期的な記憶力は、一読した本を完全に暗唱できるほどに並外れていたのだ。つまり掟上今日子は、守秘義務絶対厳守という特性も、同時に最速の探偵という称号も失うことになった——一日で事件を解決する必要もなくなったのだから。

今日子さんには、今日しかない——というスローガンが、過去のものとなる。昨日のものとなる。

今日子さんには昨日もあるし、明日もある。

だが、引き換えに、そして代償に、ミステリー用語の意味を喪失した。

『忘却』を失うと同時に、『探偵』も失ったのだ。

それがどうした？　と、言う人は言うだろう。確かにこれで今日子さんは、今後、探偵業を続けることは難しくなるだろう——あの堅牢無比な掟上ビルディングを維持できなくなるかもしれない。それでも、これまでの貯金額を思えば、次の職を見つけるまでに路頭に迷うということはなかろう——守銭奴はミステリー用語ではない。

探偵をやめたからと言って死にはしない。むしろ生き長らえる目が出てきた。

僕もそう考えた。

アイデンティティの喪失ではあっても、命あっての物種だと——狙撃されるようなリスクのある職業に、あえて固執することはあるまいと。これからは『ここはどこ？　私は誰？』と言う代わりに、『ベイカー街ってどこ？　シャーロック・ホームズって誰？』と首を傾（かし）げるだけだ——生活に何の支障もない。ないじゃないか。

ハッピーエンドの大団円だ。

が、ここまで徹底的になると、どうしても考えざるを得ない……、ミステリーの文脈で、考えざるを得ない。

スナイパーはそれが狙いだったんじゃないか？

今日子さんが思い出した推理は、意外や意外の真相ではあったが、しかし雑と言えば雑だ……、たとえ室外の血痕を拭き取ったところで『ルミノール反応』は残るし、窓の弾痕を偽装したって、『科学捜査』で、それが露見しないとも思えない。とても凄腕スナイパーが策定したプロットとは思いにくい。奇しくも今日子さんが言った通り、『人をひとり殺すためだけに、そこまでするか？』という側面もある――撃たれた『現場』を『誤認』させる『ミスリード』に、どんな意味があった？

意味があったとするなら――『僕』だ。重役が病室で撃たれたと、一時的にせよ見せかけることで、凄腕スナイパーは僕に冤罪をかぶせることができた……、誤解しないでほしい、凄腕スナイパーの真の標的が僕ごときであったなどと、自意識過剰なことを言いたいわけではない。

真の標的は――掟上今日子だったのではないかと言いたいのだ。

僕に冤罪をかぶせ、探偵を呼ばせた。呼ぶだろう、僕は、そりゃあ、探偵を。それが僕という生き物の生態なのだから――弾丸の速度と最速の探偵を紐つけるのも、考えてみれば凡人の発想だ。

そして呼びだされるがままにやってきた忘却探偵の頭脳に、『口止めのために』、スナイパーは容赦なくライフル弾を撃ち込んだ。

口止めのために。口封じのために。

だが、その動機こそが、真の擬装だったとするならば。

今日子さんから『探偵』が、こうも徹底的に奪われたのは、たまたまの結果論ではなく、真犯人の狙い通りなのだとすれば——それはちょっと違うだろう。

そんなのは、記憶喪失でもなく、アイデンティティの喪失でもなく——殺人だ。

掟上今日子殺人事件。

こんなの、所詮はミステリー脳が導く陰謀だろうか？　必要以上に犯人の意図を深読みしてしまっているだけか？　大企業の重役が社内の軋轢で殺されるなんて動機じゃ、納得できない？　意外な動機を欲しているだけ？　ワイダニットの行き過ぎ？　狙い通りに記憶喪失にさせたり、記憶喪失を喪失させたりすることなんてできるわけがないと、極めて常識的な判断で、『普通に考える』べきなのか？　ありえないと思われる可能性をすべて排除して最後に残った可能性は、どれほどありえなさそうに見えても、見えた通りに、ありえないのか？

だが、あるいは。

彼女の頭脳を貫いた一発目の弾丸も、あるいはそういった意図のもと撃ち込まれたものだったという線もある——そんな射線もある。点と点を繋ぐように、僕はそんな推理をしてしまった。探偵でもないのに。彼女を忘却探偵に仕立て上げた弾丸と、忘却探偵を過去のものとした弾丸、そんな対照的な二発があるのでは、と。その二発には、何らかの繋がりが……、『ミッシング・リンク』があるのでは、と。

まったく、愚かしいファンタジーだ。

そこまで考察を深めるのであれば、いっそ僕は、この時点で、もっと思い切った、突飛な深読みをするべきだった。たとえば、今日子さんの脳を貫通した一発目の弾丸である9パラ弾。彼女を忘却探偵にせしめたその最初の一発は、海外の銃社会で、至近距離から何者かに撃ち込まれたものではなく——忘却探偵になるために、彼女自身が自身の頭脳に、撃ち込んだものではないのかと。

しかし僕という依頼人は迂闊(うかつ)にもそれを忘れ、昨日を取り戻した代わりに探偵としての機能を失った、元忘却探偵の明日に浅からぬ、深読みならぬ深入りを、より愚かにも、してしまうことになるのだった。

狙い澄ましたように。

『掟上今日子の狙撃手』——銘記

第二話　掟上今日子の地雷原

1

　頭部を銃弾で撃ち抜かれながらも即死することなく生き長らえるというケースは、少数ながら聞いたことのある現実的な奇跡だし、エンターテインメントの題材としてはありがちとさえ言える。不勉強な僕なので具体的なタイトルはぱっとは思い当たらないけれど、該当するミステリーだっていくらでもあるだろう。

　しかし、一発ならまだしも、二発目の弾丸を生きのこるというのは、奇跡的と言うより、もはやアンフェアなトリックのようである——名探偵の資格を剥奪されてもこればかりは致し方ない。

　もっとも、主治医の話を詳しく聞けば、まるっきりありえないことが起こったわけでもないらしい。むしろ一発目の貫通を生き残ったからこそ、二発目の弾丸で死に至らなかったという言いかたもできるそうだ……、つまり、一発目で脳に空いた穴を、要するにトンネルを、二発目の弾丸が、綺麗にくぐったという仮説である。

　針の穴を通すように、脳の穴を通した。

　なるほどと膝を打つことは難しいけれど、確かにその推理に基づけば、脳の重要な部分を傷つけることなく、弾丸は前から後ろへとするりと抜けていく——いや、脳に重要でない部分などあるのかどうかは定かではないし、今日子さんは背後から撃たれているので、抜けていくのは、後ろから前へ、か。

一発目の弾丸が、前後どちらから放たれたのかは不明だし、当然、今日子さんはそのときのことを覚えていないわけだが——しかし、目立った傷跡が残っていないのもまた奇跡だな。

むろん僕は、これまで今日子さんの頭部をじっくりじろじろと吟味したことはないのだが……、輝くような白髪に目がいってしまって、頭皮のほうに注意が向いてはいなかった。

医者の腕がよかったのだろうか。海外の名医か。

ならば二発目の弾丸についても、そうであることを祈るばかりである……、しかしそれは、医者ならぬ僕にはどうこうできる範囲のことではない。僕にできることはなんだろう？　この冤罪王にできることは。

決まっている。犯人捜しだ。

それだってどう考えても僕の職掌の範囲外であることに違いはないのだが、しかし僕の冤罪が晴れたところで、重役と名探偵を撃った肝心の狙撃手が逮捕されてはいないのである——どれだけ机上の空論を積み重ねようと、罪を重ねた真犯人は野放しだ。

いくら今日子さんがタフで強運でも、さすがに三発目の弾丸までもかいくぐれるとは思えない……、今のところ、窓のない個室に入院してもらっているけれど（僕の冤罪を晴らしてくれた名探偵は、皮肉にも監獄のような部屋にいるわけである)、いつまでも病院で保護してもらうわけにもいかないのだ。

犯人を突き止めないと。

わかっている、どう考えても僕には荷が勝ち過ぎる使命である。こんなものをまともに背負っては肩が砕ける。だが、まさかここで、僕のアドレス帳に名を連ねる他の名探偵に依頼するわけにはいかない。

名探偵が被害者となり、そればかりか他の名探偵に事件を解決されたなんて屈辱的な運びになれば、もう商売あがったりだ——商売あがったり。守銭奴の今日子さんにとって、そんなのは死んでいるのと同じである。

どうせなら名探偵の記憶がなくなるのではなく、守銭奴の記憶がなくなればよかったのに……、そうは言い条、ただでさえミステリー用語をすべて忘却し、今後探偵としてやっていけるかどうかが危ぶまれている今日子さんを、これ以上窮地においやるわけにはいかない。探偵じゃない守銭奴なんて、ただの守銭奴ではないか。

むろん、名探偵以外にも頼れない。

冤罪王ゆえに、ジャーナリストや警察官、弁護士や検事に知人がいないでもないのだが、いい関係を築いているとはとても言えないし、守秘義務絶対厳守の探偵が、記憶力を、一部とは言え取り戻したという情報を、まさか各方面へと漏洩（ろうえい）させるわけにはいくまい――それはそれで商売あがったりだ。

つまり僕が解明するしかない。

事件の真相を。

……危なっかしい事件に、我ながら首を突っ込んで死ぬフラグを立てまくっている気がするが、ここで頬（ほお）かむりができるほど、隠館厄介は恥知らずではない。向き不向きにかかわらず、やるしかないという事態はあるのだ。

何度も何度も冤罪を晴らしてくれた今日子さんへの恩義、みたいなことももちろんあるが、もしも犯人の狙いが今日子さんを狙撃することだったなら、今回、僕は、第一の被害者である会社重役と共に、疑似餌（ぎじえ）に使われたのである――いわば強制的な共犯にされたようなものだ。

こともあろうに、今日子さんの頭脳を撃つ共犯だと？

この冤罪は何が何でも晴らす。

2

僕は名探偵ではないが、依頼人として、ありとあらゆる探偵の傍（かたわ）らにいた男である――また同時に冤罪王として、ありとあらゆる犯人に肉薄した男であるとも言える。ならば、そんな自覚はなかったけれど、案外そろそろ、卓越した推理力を身につけていたりするんじゃないのか？　隠館厄介という青年は表と裏の両面から、犯罪推理の英才教育を受けていたと言っても過言ではない。

そんな期待と共に、僕は犯行現場に戻った。

犯行現場と言っても、今日子さんが狙撃されたＶＩＰ専用の病室ではなく、この場合は、狙撃手がいたであろう、工事中のビルディングの一室のほうだ——ありし日、まだ職を失う前の僕がせっせと作業を担当していたあの部屋である。

一説に『犯人は現場に戻る』と言う。

または『現場百遍』とも。

どちらも今の今日子さんが意味をすっかり忘れている慣用句だろうが、ミステリーにおいて、基本中の基本みたいな文言である——悩み抜いた末に僕は、そんなルールに従うことにした。

ともすれば僕の不起訴処分を不服に思っているかもしれない担当刑事にしてみれば、普通に犯人が現場に戻っただけのように見えるかもしれないけれど、まあ、しょせん僕にできることは、シャーロック・ホームズが言うところの初歩を徹底することのみだった。

　おそらく徒労に終わるだろう。

　既に捜査班や鑑識係の方々が精査したあとの現場を巡ることが、いくら工事現場と言えど、建設的なわけがない……、が、とにかく行動を起こさなければという確信があった。その確信とは、僕は探偵じゃないけれど、中でも安楽椅子探偵ではないという確信である。安楽という言葉は、たとえ安楽死なる形でも、僕の人生には登場しない。

　地道、あるいは泥臭く、靴の底をすり減らしながら、頭ではなく身体で考えるスタイルが、強いて言えば向いているだろう……、頭脳労働ではなく肉体労働だ。

　足と手を動かせ。

　不起訴処分になる前に勤務先からは解雇されているとは言え――しかし、『不起訴』なのに『処分』というのも撞着語法だ――、幸い、何せ急な馘首だったので、僕は工事現場に入場するためのカードキーをまだ返却していなかったし、あちこちのダイヤル錠の暗証番号も記憶していた（僕の完璧な記憶力におののかれては困るので先に言っておくと、すべてのダイヤル錠の暗証番号が『０００００』だ）。

　休日の深夜におこなわれたこの不法侵入に関してだけは、この冤罪王も、濡れ衣を主張することは難しい。

　まずセキュリティをオフにし、把握している防犯カメラをうろちょろ避けながら、エレベーターを使わず階段で、該当の部屋へと移動する——これを今日子さんのせいにするつもりはないが、僕も大胆になったものだ。まあ、いざと言うときは、職場に忘れ物を取りに来たという、苦しい言い訳をするつもりだが。

結論から言うと、不法侵入の成果は予想通りに芳しくなかった——例の『KEEP OUT』と書かれた、雀蜂色（すずめばちいろ）のテープさえ張られていない現場は、思いのほか綺麗に撤収されている。ここにはもう何もヒントは残されていませんよと、言外に説き伏せられているようだった——ううむ。

自己主張の強い犯人が、狙撃を生き延びた探偵に向けた犯行声明と言うか、暗号のメッセージみたいなものを記してくれていないかと、徒労に終わるだろうなんてことを言いながら、実は結構期待していたのだけれど……、暗号なんて記されていても僕には解読できないが、そこはなんとか入院中の今日子さんを先日のように言いくるめて。

ちなみにあれから何回かお見舞いに行っているのだけれど、何日経とうと、何度眠ろうと、今日子さんの記憶が失われることはない。記憶が失われることを期待するというのも妙だし、それを回復と呼ぶのはもっと妙だが、あのライフル弾が忘却探偵から奪ったものはあまりに大きい。

忘却探偵らしさも、探偵らしさも奪われて、今日子さんはこれからどうすればいいのだろう？

僕が心配するようなことではないのかもしれない。余計なお世話という奴だ――考えてみれば、探偵ではなく、そして眠るたびに記憶がリセットされることもないというのは、世の中の大半の人がそうである。

他に後遺症が残る可能性がないではないけれど、基本的には今日子さんは一般人になるだけだ。それの何がいけない？

同じことをぐるぐる考え続けているようで我ながら気が重いが、忘却探偵であり続けて欲しいなんてのは、僕の勝手な感傷に過ぎないとも言える――心配する振りをして、的外れな憐憫をぐいぐい押しつけているだけなのかも。

第一、仮に僕が卓越した推理力を発揮して、冤罪探偵として真犯人を逮捕したところで（私人逮捕）、それで今日子さんの意味記憶が戻るわけではない。

おそらく今日子さんを忘却探偵にしたのは一発目の弾丸によるものだとこの冤罪探偵は推測するけれど、しかしだからと言って、壊れたテレビじゃないのだから、更にもう一発撃ったら元通りになるという仕組みでもないだろう。

復讐したところで故人が戻ってくるわけじゃないというのは、それこそ探偵が解決編で言いそうな台詞だが――いやいや、ネガティブになっている。

成果があがらなかったから、こんな行為には元よりまったく意味がないと落ち込みそうになっているが、意味記憶が戻るとか、忘却探偵に戻るとか、それ以前に、今日子さんの命を狙い続けているかもしれない狙撃手という脅威は絶対に排除しなければならないのだってば──警察に任せておけと言われるかもしれないけれど、流れによってはまたもやこの冤罪王が逮捕される恐れもあるという被害妄想も僕にはある。

これに関しては自意識過剰ではない。等身大の危機感だ。

もっとも犯人が、今日子さんを殺害することではなく、今日子さんから推理力、ひいては探偵力を奪うことを動機としていたのであれば、言うまでもなく既にそれは完全に達成されているわけで、今頃海外逃亡している線も強いのだ。それはそれで今日子さん（と僕）の安全が確保されたと言えるわけだが……、敗北感は免れないな。

いずれにせよ、いつまでも小綺麗な犯行現場で佇んでいても仕方がない。取り外されているのだか、これから嵌めるのだったか──ガラスの嵌まっていない窓から見える景色──その先には、今日子さんが入院している病院も見える──にも、こうして見る限り変わったところはないようだし、僕は僕でさっさと撤収しないと、冤罪ではなく逮捕されてしまう──ある意味では犯人や捜査班以上に現場をクリアにして、足跡を残さずに退去しなくては。

そう思い、僕はスマートフォンをチェックした。コミュニティバスのダイヤを気にして、現在時刻を確認したかっただけなのだが、しかしそれとは別のことも確認できてしまった——緊急の着信やメールがあったと言いたいのではない。

むしろ正反対だ。

スマートフォンの画面の上部に、小さく『圏外』と表示されていたのである——圏外、だって？

なんてことのないよくある二文字のようでいて、僕の全身に鳥肌が立った。『次はお前を撃つ』という通知のメッセージが表示されていたところで、ここまでの鳥肌は立たなかっただろう。

いやちょっと待て。

確かにここは真っ暗で人気もないけれど、さりとて山奥や洞窟というわけじゃない……、工事中とは言え、大都会の摩天楼、その一角である。肝試し向けの廃墟じゃない。この5Gの時代に、圏外などありえない。

通信障害か何かか？　それならありえる。そうであってくれ。間違っても何者かが仕掛けたジャミングなどではあらないでくれ——捜査班が撤収したあとでのこのこやってくるような、無分別な『関係者』を、電波的に孤立させるための仕掛けなどではあらないでくれ。

物陰に潜んでいた悪漢に襲われた、などの罠ではないことが、逆に怖かった——狙撃の手腕と言い、僕がこれまで罪をかぶせられてきた犯人とは、明らかに一線を画している。やむにやまれず犯罪に手を染めた彼ら彼女らとは明らかに違う——熟練の手腕だ。

助けを呼べなくしたところで、今度は逆に、病院側から、高層階の僕を狙撃するつもりか？

僕は慌てて、ガラスなき窓のそばから後ずさった——仮にこれが、僕個人を狙った罠だったのだとしたら、あまりにも、狙撃以上にピンポイントだった。なぜなら、『助けを呼べない』というのは、探偵を呼びたくて呼びたくてしょうがない僕には致命的なのである。

あの情けない決め台詞が使えない。他力本願な決め台詞が。

百万人の名探偵の連絡先が登録されたアドレス帳など、圏外の前にはあまりに無力だ。一刻も早く圏内に逃げなければ。

まるでスマホ依存者のように、換言すれば喫煙者が煙草を吸える場所を探すように、僕は電波を求めて、忌まわしき犯行現場から飛び出そうとする——それがよくなかった。非常によくなかった。

足跡を残さずに撤収しようとした初心を、そう、まるっきり忘れてしまっていた——カチッ。

カチッ？

その不吉な音に、僕はお留守になっていた足下へと目を落とす。

僕は踏んでいた。ドジを。そして地雷を。

3

じ——地雷ですか？

日本じゃとんと聞かないと言うか、『逆鱗に触れる』とか、そんな慣用句と同じ意味で使われる用語であって、間違ってもミステリー用語ではなく、僕もどこかふわふわした絵空事のようで、踏んだ瞬間にはピンと来なかったけれど……、しかしそれを言うなら、踏んだ時点で地雷とは、ピンが外れてしまっている。地雷なのだから。いや、地雷の詳しい仕組みは知らないが。

足元が覚束ないなどと言っていられない。

何か変なものを踏んだと、もしも反射的に足を引き上げていたなら、その時点で僕はお陀仏だった。

落ち着け。

ただの地雷っぽい足拭きマットかもしれない。

現実逃避の気持ちで、一瞬で目を逸らしてしまっていたが、僕は恐る恐る勇気を出して、もう一度おろそかになっていた足下を確認する——ああ、畜生、地雷だなあ。凝視しようと地雷だなあ。

足拭きマットはないにせよ、本当に無理をして思い込めば、マンホールの蓋（ふた）のように見えなくもないのだが、しかし道路ならばまだしも、工事中のビルディングの高層階に、マンホールの蓋などあるはずがない――地雷のほうがもっとあるはずがないし、もちろんこれまでの冤罪人生を振り返ったところで、実物の地雷なんて見たことはないけれど、今僕が体重の半分を預けているものが、典型的な地雷だということはわかる。虎（とら）やライオンを見て危険だと直感できるくらい明らかに地雷だ。これが地雷でないのならば、世界に戦場はない。

戦場――ああ、そうだ。

スナイパーはまだしも暗殺にからむミステリー用語だと思っていたけれど、しかし考えてみれば、よりその用語が頻出となるのは、やはり戦場だろう。ならばこういった対人兵器の登場は、あらかじめ予想してしかるべきだった――少なくとも網羅推理の今日子さんならば、絶対にしないミスである。

何が冤罪探偵だ、調子に乗りやがって。

落ち着け、落ち着け、落ち着け。落ち着けと百回言え。

まず足を動かすな。絶対に動かすな。床ごと踏み抜くつもりで感圧板をべた踏みにするんだ――爆薬を足蹴（あしげ）にしている風で直感には反するが、今はそうすることでしか、僕の生命線は保てない。手相がなくなってしまう。

次に思い出せ。

あったか、こんなの？　いくら真っ暗だったとは言え、部屋に踏み込んだときに既に設置されていたのなら、もっと早く踏んでいてもおかしくなかった——さっき結論から言ったじゃないか、部屋の中には何もなかったって。綺麗に撤収されているって。ならば僕の侵入を確認した上で、僕が窓から病院を確認しているとき——ドアに背を向けているときに、誰かがそっと置いていったのだと考えるのが自然だ。

まるで寿司桶(すしおけ)でも置くかのように。

どんなウーバーイーツだ。

入室時、一度室内がクリアであることを確認したあとだったから、すっかり油断していたというのもあるが……、しかし、言わせてもらえるのであれば、あまりにも盲点だ。どこの誰が、自分の背後で今まさに、音もなくひっそりと地雷が設置されているかもしれないなんて思う？

海外逃亡なんてとんでもない。

皮肉なことに僕の推理通り、犯人は現場に戻っていた——新たな罪を犯すために。

可能性だけを追うなら、このビルディングを解体するためにあらかじめ設置されたダイナマイト代わりという線も、今日子さんの網羅推理は漏らさず考慮するだろうけれど、それはない。僕でもわかる、僕だからわかる。僕はこの部屋の作業を担当していたのだから、この地雷が工事会社の経費で購入されたものでないことは保証できる。

こんなシチュエーションになってから言っても驚くほど説得力はないだろうが、驚いたことに僕も間抜けではないので、犯人はまだ遠くには行っていないはずだと、駆け出すようなことはしなかった——そもそも同じ不法侵入者でも、明らかに格が違う。

僕がここへ忍び込むとき、ビルディングはカードキーでもダイヤル錠でもロックされていたし、その他のセキュリティもオンのままだった——犯人はその状態を維持したまま侵入し、僕を待ち伏せていたことになる。いつやって来るかわからない僕を。

僕の跡をつける形で、僕が解除したセキュリティを次々に突破したという方法も考えられるが、しかし後ろめたさも手伝って尾行には気をつけていたつもりだし、まさかたまたま電波妨害機を、まして地雷を所持していたということはあるまい。

これは入念に準備されたトラップだ。

ある意味、今日子さんを狙撃するよりも手間と時間をかけて、僕を狙ってきたことに関しては光栄でさえあるけれど、これは参った——これは単に、事件をかぎ回る、疑似餌としての役割を終えてもはや用済みの僕を爆殺しようというだけの目論見ではない。

関係者である僕をこうして、犯行現場で、おそらくは床下か天井裏、壁の中にでも仕掛けられているであろう電波妨害機ごと木っ端微塵に吹き飛ばすことで、『本懐を遂げた真犯人の自害』を演出するつもりなのだ――卓越した推理力は育っていなくとも、数々の濡れ衣を着用してきた冤罪王として、ここの意図は読める。

一挙両得の後始末だ。

数日後に、僕の遺書が警察署に届くのかもしれない。遠隔操作できる狙撃銃をまさにこの部屋に仕掛けた驚天動地のトリックや、お涙頂戴の動機が記された僕の遺書が。地雷で自爆するほどダイナミックな人間ではないつもりだし、僕の容疑は既に今日子さんによって晴らされたはずなのだが、こんな形で容疑を再燃させられようとは――敵ながら天晴れな腕前である。

これは単なる狙撃手じゃない。

単なる凄腕の狙撃手でもない。

プロフェッショナル――それも暗殺者ではなく、訓練された軍人の手際だ。

軍人。

どうして犯人にして軍人が、今日子さんや僕を狙ってくるのかはさっぱり見当もつかないけれど、これはこれまでに何度かあった、『かつて忘却探偵によって監獄送りにされた犯人の復讐』のようなケースでは、もう完全にない。

一線どころか、戦線を画している。

たとえ気の迷いであっても、僕が首を突っ込んでいいような案件ではなかった——クビになった首を突っ込んだがばかりに、真相を明らかにするどころか、偽の犯人にでっちあげられることで、迷宮入りの一助を担ってしまうこととなってしまった。なんて冤罪王に相応しい最後なのだ。

共犯どころか主犯にされてしまった。

普段ならばその冤罪を今日子さんに晴らしてもらうのだが、その今日子さんが現在は、探偵としての能力を失っている——裁判を待つまでもなく、爆死した瞬間、僕の容疑が鉄のように固まる。

ふう。よし、一回座ろう。

立ったまま同じ姿勢を保ち続けるというのは、結構つらいことがわかった——してみると学生時代にあった『廊下に立たせる』というのは、なかなか合理的な罰なのだろう。冤罪でよく立たされたものだが、当時は気付けなかったな、廊下に地雷はなかったから。地雷を踏んでいるほうの足にかかる体重をなるべく減らさないよう気をつけながら、僕は床に腰を降ろした……、殺人を目的とせず、怪我をさせることを目的とする凶悪な地雷も多いと聞くが、僕が踏みしめているこの地雷は、サイズからして、片足を犠牲にすれば助かるというシチュエーションを迫るものじゃないことは、変な葛藤（かっとう）がなくて助かると、前向きに考えておこう。たまには前向きにならないと。足下ばかりみて歩いていてもいいことはない、地雷があるかもしれないし。

犯人を今更追ったところで追いつけっこない、むしろ下手に追いついてしまったほうが、民間人の僕は返り討ちに遭う可能性が高いというのも、この際、いい情報としてとらえようじゃないか。

地雷の爆発に巻き込まれないよう、犯人は既に工事現場から遠く離れているとして――双眼鏡で爆発を確認できるくらいの距離にはいるかもしれないが――今のところ爆発する気配も、カウントダウンの音も聞こえないということは、ボタン一つで操作できるタイプの地雷でも、時限発火式の地雷でもないらしい。

原始的に、僕が感圧板から足をのかした瞬間に火薬に火がつく仕組みと考えてよさそうだ。つまり、僕に地雷処理班と同じ能力があれば、命拾いできる状況であると整理できる――もちろん僕に、地雷処理班と同じ能力はない。

数々の職種をクビになってきた僕だが、地雷処理の経験はない。これは抜かった。液体窒素か何かで冷やせばいいんだっけ？　赤のコードか青のコードを切ればいいんだっけ？　液体窒素はおろか、ニッパーもない。

技術も道具もない。

下手に試みると、本当にただの自殺になってしまう。

せめてダイイングメッセージを残そうか。今日子さんに。

これは冤罪なんです、騙されないでください、僕は自殺ではなく殺されたんですと、指先を噛み千切って血文字で床に……、駄目だ、どんな名文を書こうと爆発で消し飛ぶ。そこまで計画済みのハウダニットとは。そもそも『ダイイングメッセージ』という用語を忘れている今日子さんにそんな名文を残しても、これは法律的に有効な遺書ではないと判断されておしまいかもしれない。

やはり生き残る方向で考えないと。当然だが。

順当に考えて、『大声で助けを呼ぶ』というのがもっとも効果的なやりかたかもしれない。しかし夜も更けて、騒音対策のされた工事現場の中からどれだけのデジベルで声を張り上げようと、外に届くかどうかは五分五分だ――仮に届いたとしても、それは犯人の耳に届くということにもなりかねない。

僕にはこのまま死んでもらうのが向こうにとってはベストだろうが、あんまり見苦しく騒がれるようでは、舞い戻ってきて自らケリをつけるという変心があるかもしれない――戻ってこないにしても、遠方より狙撃するとか……、座ったまま、足を動かせないままでは限度があるが、とりあえず、できる限り窓から死角になる位置に移動しよう。

くそう、安楽椅子探偵は一番向いていないと思ったのは確かだが、まさか椅子どころか座布団もなく床に座り込んで、灰色の脳細胞をフル回転させる羽目になるなんて。ただ、このままではその脳細胞も、こんがりきつね色に焼けてしまう。

そんな脳では、撃ち抜かれなくとも、大した知恵は浮かばない。

では、現代人にとって、第二の脳とも言える、圏外のスマートフォンを使うしかない。万能ツールのように謳(うた)われるスマホではあるが、圏外においてはその機能のほとんどが制限される……、オフラインでも遊べるアプリで死ぬまでの暇潰(ひまつぶ)しをしている場合でもなかろう。

ただし、逆に言えば、圏内でさえあれば、容易にこの危機を脱せられるわけだ――『嵐の山荘』や『絶海の孤島』と言った、『クローズドサークル』を舞台とする古典ミステリーの世界観を見事に台無しにしてくれる近代科学アイテムだが、今ばかりはこれに縋(すが)ろう。

と言っても、この部屋のどこかに仕掛けられているであろう電波妨害機を見つける手段はない。あるとわかっている以上、隈(くま)無く入念に探せばそりゃあいつかは見つかるだろうが、それは片足で地雷を踏んでいなければの話なのだ。

つまりこの部屋を圏内にすることはできない。

だが、見逃しがちだが、スマートフォンのもっとも素晴らしいところは、内包するその機能に比べて、小さくて軽いという点である。ハンディであることが最大の機能だ。小型化に成功したからこそ、これだけ世界的に普及したのである。

地雷を踏んでいても、腕は両方とも自由なのだから、この部屋から外へ、つまり圏外から圏内へと、小さくて軽いその端末を、華麗に放り投げればいい。

頑丈であるというのも、近頃のスマートフォンの売りのひとつだ——もちろんアイスホッケーにも耐えうるGショック並とはいかないだろうから、上着を脱いで丁寧にくるみ、クッションにするくらいの配慮は必要だろう。

なにせ、投げるのは窓の外へなのだから。

電波妨害機の効果範囲がどの程度なのかは推測するしかないけれど、しかし狙撃銃や地雷と言った他の道具立てから予測すれば、軍レベルの機能を有していると考えるのは、決して大袈裟（おおげさ）ではあるまい。よもやパルス爆弾級とまでは思わないが、室内から廊下へと、アンダースローで放り投げるくらいでスマートフォンが本来の機能を取り戻すと楽観視するのは、やや難しい。

数メートルくらいじゃ駄目だ。

　その点、窓に向けて投擲すれば、つまり廊下ではなく階下に投げ落とせば、横軸ではなく縦軸で、高層階から地面までの階層分、数十メートル分の距離を一気に稼げる。

　あくまで電波妨害機が仕掛けられている中心点がこの部屋だと仮定しての対策だが——建物全体のあちこちに仕掛けられていたら、恐らく一階部分も圏外だ——しかし、地雷の爆発で、疑似餌の僕ごと証拠隠滅を目論んでいるとするなら、あながち的外れなプランではなかろう。

　これは名探偵の真似事ではない。

　冤罪王の勘だ、まず外さない。

　それに、残念ながら落下したスマートフォンが期待する機能を発揮しなくても、最低限、ダイイングメッセージを残すことはできる——電話機能ではなく、メッセージの通信アプリを利用するつもりだから。

　圏外では当然通信できないが、圏内に移動すれば、入力されたメッセージを再送してくれる機能のあるアプリだ——狙いが嵌まれば、地面に着地すると同時に、ＳＯＳが発信されるはずである。

　狙いと言うより願いだが……、それが外れても、送信しようとした履歴はアプリ内に残るというわけだ。最低限、僕が自殺扱いされることはなくなる。リテラシーに欠けて不用心ではあるが、パスワードは解除しておく。

もちろん、ここで命を惜しんで、他の探偵に助けを求めるわけにはいかない——芋蔓式に今日子さんが狙撃されたという事実が明るみに出ては、本末転倒である。つまり、既に事件を把握している地元警察に助けを求めるのが順当だ——スナイパーが逮捕されていない以上、今日子さんが狙撃された事件、遡れば入院中の重役が狙撃された事件に関しての捜査班は、まだ解散されていないはずである。

デジタル技術の進歩に感謝だ。電波妨害機も、デジタル技術の進歩なので複雑だが——僕は現状と、知り得た事実をできるだけ詳しく、細大漏らさず入力し、メッセージ送信の手続きを取った。

当然、送信失敗の表示が出る。

構わない。

僕は脱いだ上着でスマートフォンを二重三重に、十重二十重にくるみ、しかしそれでもやっぱり、高層階から精密機器を投げ落とすことには不安があったので、この際、アンダーウエアも脱いで上半身裸になり、更にその上に巻き付けた。もしも片足で地雷を踏んでいなければ、ズボンも巻き付けていたところだが、今できる精一杯はこれで限度——ままよっと、僕は窓に向けて、その布の塊を投げ捨てた。

足が踏ん張れない、と言うか、踏ん張りっぱなしなので、投擲が窓まで届かないというみっともない失態を演じる懸念はあったが、ぎりぎり、窓の桟でワンバウンドする形で、僕のスマートフォンは建物の外へと落下していった――自分で投げておいてなんだが、やってしまった感は否めず、あとは無事を祈るしかない。

地元警察に地雷処理班があるかどうかはまた別の問題だが――なにせ冤罪王だから、当たり前に警察を頼るというのは、まあまあ新鮮な体験である。

ああ、やることがなくなった途端、足が痺(しび)れてきた――できることなら右足と左足を交代したいくらいだったが、そんな一瞬の隙も、原始的な地雷は許してくれまい。考えて、僕は地雷を踏む足を、もう片方の足で更に踏みつけて、強く固定した――痺れた足が攣(つ)って、意図せず浮いてしまうことを防ぐためだ。

両脚の感覚がなくなるまでに助けが来てくれることを期待しよう。なに、冤罪王の僕が言うのだから間違いないが、日本の警察は優秀だ――なかんずく、その機動力の高さは特筆に値する。通報があれば、平均して十分以内に現場に駆けつける、最速の探偵ならぬ最速の法執行機関なのだ。

筋を伸ばすためのちょっとしたストレッチだと思って、この無理のある体勢のまま、伸び伸びと救助を待とうじゃないか。

4

朝が来た。

まるで永遠のような夜だったが、とにかく朝が来た……、助けは来ないままに。

どこかで計算違いがあったとしか思えない事態である――眠れば記憶がリセットされる今日子さんの徹夜に付き合って、四徹か五徹かくらいしたことがかつてあったが、その百二十時間よりも長く感じる夜だった。

いや、白状すれば、あのとき徹夜をし続けていたのは今日子さんだけで、僕は割としっかり寝ていたのだから、たかだか一徹くらいで比べるのもおこがましいが、あのときの今日子さんだって、まさか足下に爆弾を踏んづけながら起床し続けていたわけではない。

もし、一瞬でも、一睡でもすれば、僕は記憶が消去されるどころか、存在が消去されるのである――隠館厄介には今夜しかないくらいだった。

そんな環境下においては、一分が一日に、一秒が一週間に感じた――夜に眠れないことがこんなにつらいなんて。せめて手元にスマホがあれば、動画を眺めることで時間を潰すことができたのに……、くそう、なぜ僕はスマホを放り投げてしまったのだ。なぜと言ったら、命がかかっていたからなのだが、せめて文庫本を上着のポケットにでも入れていたら……、ああ、上着も投げてしまったのだったか。

ガラスの嵌まっていない窓から朝日が差し込んできたときには、僕は地雷を足下に置いたまま天寿を全うし、お迎えが来たのかと思った。

朝が来ようとお迎えが来ようと、助けは来ない。なぜだ。

考えられる可能性は単純に二通り（ただでさえなっていない僕の網羅推理は、この朦朧状態では、二通りの仮説くらいしか閃かない朦朧推理だ）。①電波妨害機の有効範囲が思いのほか広い。②窓から投げ捨てたスマートフォンが、衣服のおくるみも虚しく、着地時、順当に壊れた。

うーん、②かなあ。

僕だもんなあ。

その場合、送信失敗の履歴も見てもらえないわけだ。壊れたスマホ内のデータを、デジタル的に復元してくれる手間をかけてくれるだろうか、冤罪王の持ち物なのに。

だとすれば、助けをひたすら待つことで、一晩を無駄にしてしまったことになる——もう足の痺れも限界だ。痺れと言うか、もうこれは麻痺だ。何の感覚もない。足が棒のようになるという慣用句の意味を、まさか一歩も歩かないままに体感しようとは。

不思議なもので、こうなると思考は無理をせずともポジティブな方向へと向かう……、ありもしない希望を求め始める。もしかして、この地雷、おもちゃなんじゃないのか？　とか、なんと驚いたことに、僕はそんな疑念を抱き始める。

だって、一晩、爆発しなかったのだ。僕に、この狙撃事件から足ならぬ手を引かせるための、脅しのはったりじゃないのか？　デザインはまごうことなく地雷でも中は空っぽ、携帯電話のモックみたいなブラフなんじゃあ……、本物だとしても、火薬や信管をあらかじめ抜いてある、とか。

そうだ、僕なんて殺してどうする？

そんなのは無益な殺生だ。

大企業の重役や今日子さんを殺さなかったように、スナイパーにしてマイナーな犯人は僕も殺さないと看破するのが、ミステリ的な帰納法ってものじゃないか？　だとすればこうしてはいられない。一時は僕の背後にまで迫った犯人を、一刻も早く追わなければ――そんな手前勝手な論理を組み立て、僕はおよそ六時間ぶりに、体感的には六十年ぶりくらいに立ち上がろうとした。

そんなつもりはなかったが、これはもう、楽になろうとしているだけである――負けが込んできたギャンブラーが、ゲームが続くその精神的重圧に耐えられず、ちまちましないオールインの一発勝負に出るようなものだ。

幸いだった、棒のようになった足にまったく力が入らず、立ち上がろうとしても、上半身でさえ、身じろぎもできなかったことは。なぜなら、なぜかここであらぬ根性を発揮し、めげることなく二度目のチャレンジに打って出ようとすると直前に、

「あ、いたいたー。隠館さん、ご無沙汰しておりますー」

と。

電波妨害機と地雷の仕掛けられた部屋の入口から、今日子さんがぴょっこり姿を現したからだ——マジで壁ぴょこだったし、『ご無沙汰しております』なんて、忘却探偵からは絶対に聞きたくない言葉である。

しかもそのファッション。

どうしてここに今日子さんがいるのか、眠気が限界に来た僕の見た幻覚なのかと疑う以前に、とめどなく、洪水のように疑問の湧き出るそのファッション——現実に縛られた僕の貧困な想像力から湧き出るイメージでは逆にありえない、ダサい寝間着姿だった。

上半身裸の僕に言われたくはないだろうが、あまりのダサさに目が覚めた。目が覚めるどころか、百年の恋も冷めるようなダサパジャマである。柄からデザインからサイズ感から着こなしから、すべてがダサい。羞恥刑で着せられるようなパジャマだ。

入院期間も長くなり、手術から日数も経ったのに、いつまでも患者衣でもないだろうと、

そう言えば適当に用意していたようだが……、本当に適当に選んだとしか思えない出で立ちだ。

　これがあの、あらゆる分野のベストドレッサー賞を総なめにした、ハーラートップの今日子さんの有様か？　そんな格好で、遠く離れた病院から、このビルディングまでやってきたのか？　失ったのはミステリー用語の意味記憶ではなく、ファッション分野の意味記憶もなのか？

　どれだけのものをあの弾丸は奪ったのだ。

　そう思い、幻覚かもしれないどころか、幻覚であってほしいと願わずにはいられない今日子さんの額を見ると、白髪に混ざってわかりづらかったが、どうやら折りたたまれたガーゼが、医療用のテープで貼り付けられているようだ。

　ちょっと待って、何そのシンプルな措置……。

　たんこぶができたとかじゃないんだから。

　僕が腕を骨折したときでも、もうちょっと手厚かった……、喜ばしくも経過が順調である証拠かもしれないが、主治医も、せめてあの、蜜柑のネットみたいな奴でもかぶせてあげてほしい。

「きょ……、今日子さん、ですよね？」

「はい。掟上今日子です。探偵とやらではありませんけれど。隠館さん」

「な、なんで……、こんなところに？」

確かに僕は、助けを待ち望んでいた。

そして、我に返ってみると、あまりにも緩い根拠でこの地雷をフェイクと決めつけ、あろうことか、鋭く看破したつもりで起立しようとしていた——ダサパジャマさんの突然の来訪で、その愚行はぎりぎり、食い止められたと言える。

その点、感謝してもし切れない。

しかし、あえて文句を言わせてもらえるなら、最速の探偵の助けとしては、いかんせん遅過ぎる——本来の忘却探偵なら、僕が地雷を踏んだ次の瞬間には、壁ぴょこしていたことだろう。もちろん、目抜き通りでブランド服にお色直しをしてからだ。

つまり、本人の言う通り、最速の探偵として現れたわけではないし、僕を助けに来たのだとも思えない——なぜ、自分の頭を狙撃したスナイパーがいたであろうこの部屋を（朝を待って）訪れた？

「あー。昨夜遅く、刑事さんから連絡をいただきましてー」

今日子さんの喋りがのろい。細かいことだが、普段なら、もっとはきはき、まくし立てるように話す。トークの速度まで落ちている。思い出しながら喋っているかのようだが、しかし『思い出す』というその行為自体が僕からすれば奇妙である。

「『我々の力及ばず不起訴処分になってしまった容疑者から、犯行声明とおぼしきおかしなメッセージが届いたのですが、念のためにお尋ねします、身辺に異常はありませんか』という内容でして——」

通報ではなく、遺書どころか、犯行声明だと思われていた。

どうやらクッションは有効に作用したようだが、そりゃ助けは来ないわ。しかも僕の容疑が、思いのほか晴れていない。

しかし責めるのも酷だ。

平和な日本で、地雷を踏んでしまったので救助を求めますと通報しても、悪戯と思われるのが関の山だという視点が抜けていた。危機感を共有できていなかった。

まさかそこまで考慮して、地雷を凶器に使おうとしたわけではあるまいが……、僕の頭がもうちょっと回転していれば、撮影した足下の写真を添付するくらいのことはできただろうに（オフラインではスマホは使い物にならないと決めつけていたのが敗因だ——写真は撮れた）。

なるほど、警察が来なかった理由はわかった。

で、今日子さんはなぜ来た？

頼む、探偵の勘であってくれ！

「特に異常はありません、不審な男も最近はめっきり姿を現さなくなりましたとお答えして、すぐに眠ったんですけれど、病院でずっと寝ていると早起きが習慣になってしまいまして、どうせ暇だし、地雷とか、本当にあるんだったら見てみたいなと思って、聞いていた住所にお散歩にきた次第です」

物見遊山とはこのことか。

知的好奇心でも何でもないただの好奇心で、普通ならばただのデマだと断ずる地雷というワードに惹かれ、野次馬根性に基づき、僕以上にのこのこやってきたわけだ——探偵の神秘性など、その脳内にやはり欠片も残存していない。

セキュリティは僕がオフにしたまんまだったろうから、侵入自体は容易だったろうが……、病院でずっと寝ているとか、ずっと寝過ぎて早起きとか、ただの生活習慣の狂いじゃないか。あと、なにげに不審な男とか。

過酷な環境で徹夜した身からしたら、腹に据えかねる一言である——今日子さんが四徹か五徹かしたとき、傍らにいた僕は随分八つ当たりされたものだが、あれは仕方のない八つ当たりだったと、今になって心底納得できた。

しかし——勘でさえなくとも、新たなる事件現場に現れるのは、それでも今日子さんが探偵であることの証左であるという絹るような見方も、してできなくはない。

ただ、僕にとっては最悪だ。

助けを呼んだつもりが、意図しない伝言ゲームの結果、被害者を増やしてしまいかねない事態を招いてしまった。探偵ではない一般人、どころか九死に一生を得た重傷患者を、地雷原に呼び寄せるだなんて、無理心中を望んでいたと疑われても釈明のしようがない……、僕はなんてことをしてしまったのだ。こうなるとまたもや疑似餌を演じてしまったようなものである……、しかも今回は、犯人の意図通りでさえなさそうだ。

「あらー。そして本当に地雷なのですね。嘘じゃなかったんだ。へー。あんまり初めて見た気がしないですねー」

僕の足下を、怖じ恐れず、まじまじと見る今日子さん――初めて会った気がしない、みたいに、地雷相手に言われても。

なんで地雷に興味津々なのだ。

「きょ、今日子さん。今すぐここを離れてください。もういつ爆発してもおかしくないんです。できる限り、この部屋から離れて――」

「はあ。そういうことであれば」

もうちょっと地雷を見たかったのか、今日子さんは残念そうに頷いて、くるりと踵を返し、部屋から出て行った――え？　ちょっと、冷た過ぎないかい？　なんで去り際は早いの？　元はと言えば、僕は今日子さんのために、この犯行現場を検証にやってきたのだが――仕方ない、と自分に言い聞かせる。

今の今日子さんは探偵じゃないのだ。

謎を解いたり、事件を解決したり、犯人を特定したりするよりも、自分の身の安全を確保することを最優先にするのは当たり前だ……、それに、いくら灰色の脳細胞が機能を失っていても、さすがにこうなれば、探偵ではなかろうと、善良な一般市民として、警察に連絡してくれるはずである。

スナイパーに狙撃された今日子さんが言うのなら、地雷というワードも悪戯ではない説得力を持とう……、となると……、地雷処理犯の到着まで、あと十分、大目に見積もって二十分くらいか？

持つかな、僕の足？

近くにゴールが見えたことで、逆に無理っぽく思えてきた……、実際にはただ眠いだけなのかもしれないが、意識が遠のいていくのを感じた、十分どころか、あと一秒気持ちが持つかどうかも怪しかったが、しかし、そのとき。

「お待たせしましたー」

今日子さんが戻ってきた。早い。速い。

急速に最速を取り戻したかのような帰還にまず驚いたが、しかし持って帰ってきたものにも驚いた……、お出かけのお土産にするには、あまりに実用的だった。とは言え、この最速の帰還を、それほど遠出したわけではなさそうだと読み解くならば、納得のお土産でもある——今日子さんが業務用のキャスターに載せて転がしてきたのは、主に速乾性のセメント袋だった。

他にも容器や水や、かき混ぜ棒や、鏝、バケツ、柄杓、などなど——工事現場にはありがちな道具立てであり、キャスターも含め、両隣の部屋でも探れば、手間もなく一式揃いそうである。

そりゃあ帰りも早いわけだ。

だが——なぜセメント袋を？

まさかコンクリートでバリケードでも作るつもりか？　ドアの部分をそれで塞いで、地雷の爆発の被害を最小限に抑えようという発想？　いや、それ、被害は最小限に収まるかもしれないけれど、その最小限の被害の中に僕が含まれていることになんら変わりはないのだけれど——

「今日子さん、警察は？　警察と言うか、自衛隊と言うか……」

「すみません、私は携帯電話を持っていないもので」

そうだった。

機密保持を絶対とする忘却探偵ではなくなったとしても、入院中にキャリア契約を果たしてはいないのだ――スマートフォンの存在は知って、覚えているとしても。ダサパジャマを買う暇があるなら、キャリア契約を……。

「なので代わりにセメントを持参しました」

セメント袋を携帯するなんて、僕の後釜(あとがま)として今日子さんはこの現場に雇われたのだろうか――プロレスの業界用語で真剣勝負のことをセメントと言ったりするが、どこまで真剣に言っているんだ?

僕の質問には答えず、今日子さんはその場で、コンクリートを練り始める――元現場の人間として言わせてもらえるなら、その手際はなかなかのものだ。まるでトルコアイスでも作っているかのような軽快さである。記憶を失って、特有のとぼけた感じが増したと思っていたが、この辺の器用さは、どうやら健在らしい。

そうしてみると、ダサパジャマも、汚れてもいい独特の作業着のように見えてくる。工事現場では事故に巻き込まれないよう、目立つことが重視されるわけだし、発想としては悪くない。健在さを建材で明らかにしようとは、違うシチュエーションだったら、素直に感嘆もできたのだが――

「液体窒素があれば一番よかったのですけれど、近くには見当たりませんでしたので」

「え？　どういう意味――」

どういう意味なのかを、今日子さんは行動で示した。

作製したトルコアイス、もといどろどろのコンクリートを柄杓ですくい取って、あたかも暑気払いのように、僕の足下に引っかけたのだ――ゲル状の物体が、ぬるりと気持ち悪く、僕の靴にまとわりつく。

僕の靴に、と言うか……、地雷に。

「あ……、ああ。ああ」

ここに来て、ようやく僕は今日子さんの意図を察する――一旦気付いてしまえば、他に説明のしようがないほど明らかだった。

バリケードの作製じゃない。

今日子さんは地雷をコンクリートで埋め立てようとしているのだ――しかも、僕の靴ごとである。感圧板と靴を一体化させ、がっちり固定するつもりである――僕が麻痺した足で、体重をかけなくともスイッチが微動だにしないように。

「まだ履き物をお脱ぎにならないでくださいね。速乾性と言っても、化学変化にはしばらく時間を要しますので」

「は——はあ。だ、大丈夫なんですか、これ?」

やりたいことはわかったが、ビビらざるを得ない。正直なところ。こんな乱暴な爆発物の処理があっていいのだろうか? 液体窒素の場合にしても、爆薬を冷却処理するという意味合いも一応はあるのだろうが、同じ固めるでも、コンクリートの化学変化って、結構熱を持っているようなのだ……。

爆発物と熱って、相性最悪だろう?

かと言って、下手に動けば、靴のみではなく、僕の足ごとコンクリートで固まりかねないので、さっきまで以上に身動きが取れなくなっている。工事現場に対応した完全防水の靴でよかった……、と言っていいのかどうか。

「大丈夫だと思いますよー。本当はこれ、泥を練り合わせておこなうのが基本の応急処置ですから。それに比べれば、セメントを使えるなんて日本の土壌は恵まれています」

面倒になったのか、途中から柄杓を使うのをやめ、結局、バケツで作ったコンクリートのタネをすべて僕の足下にぶちまけて、今日子さんは朝から一仕事終えた人間の顔をする——

泥で、これを? こんなことを?

応急処置どころか姑息(こそく)療法だ。

土壌と言うなら、ろくな資材もない場所でおこなう地雷処理の手法を、当然みたいに開示してきた今日子さんだが――そもそも、ここであっけなく、僕が一晩向き合った地雷の問題に、解決の道筋を立てたことが異様である。

だって、今日子さんはミステリー用語の意味記憶と共に、探偵としての能力を失っているのだ。それなのに、この最速としか言いようのない処理――まるで忘却探偵が帰ってきたかのようじゃないか。

のんびり遅刻してきたし、ファッションは死滅的にダサいし、冴えた決め台詞も言わないが、しかしこの即応力は、僕のイメージする今日子さんらしさから、寸分狂わずそのものである。

僕が誘導に誘導を重ねた、先日のもどかしい解決編が嘘のようだ。

……地雷がミステリー用語じゃないことが、功を奏したと言えるのだろうか？　もしかして。つまり、地雷処理は探偵としての所業じゃないから、変わらぬ才覚を発揮できたと

……、変わらぬ才覚？

それは何と変わらない才覚だ？

記憶がリセットされなくなったと言っても、それはあくまで、二回目の狙撃を受けてからのカウントであり、それ以前の記憶が蘇っているわけではない――昨日を取り戻したとは言

っても、一度消えた空白期間が復元されたわけではない。身体が覚えた記憶は失わないとも言うが——ならばいったい、彼女の肉体は何を覚えているのだ？

　これじゃあまるで、今日子さんが元軍人のようじゃないか——それも、地雷渦巻く、もとい埋（う）ず撒（ま）く過酷な戦場で戦火を潜（くぐ）り抜（ぬ）けてきた元軍人である。聞き流してしまっていたが……、地雷を初めて見た気がしない、だって？

　それはあまりにも、忘却探偵のイメージからは程遠い——およそ受け入れがたい不協和音の鳴り響く仮説だが、そうとでも考えないと、この事態の説明がつかない。

　覚えている覚えていないはさておくとして、過去にやったことでもない限り、普通は思いついてもやらないだろう、地雷をコンクリートで固定するなんて。そもそも地雷のある部屋に舞い戻ってきた時点で、尋常なメンタルではないのだ——たとえ携帯電話を持っていなくても、普通は公衆電話を探すだろう。

　これは警察や通信が機能していない土地でのやりかただ。

「もういいんじゃないですか？　隠館さん。靴から足を抜いても」

「あ……、はい」

　地雷を前にしても逃げ出すこともなく、ありあわせの道具でどうにかしようとしてくれたことにも、やはり感謝しかないのだが、正直、今日子さんが施してくれた乱暴な処置にまったく信頼が置けないので、これはこれとして、別に警察を呼んできて欲しいと思ったが――窓の下あたりに僕のスマートフォンが落ちていると思うから――否。

待てよ、この状況を利用して、姿をくらますことはできないか？ 僕を始末するために地雷を使ってくるような徹底的な犯人である――今日子さんの安全も、僕の安全も、ここを凌いだだけでは、所詮は確保できない。

しかし爆発を見届けるつもりで、遠くからこのビルを見張っているのなら、つまり、敵の動きがさながらコンクリートで固定されているような現状ならば、今のうちに安全圏に逃げることが可能なのでは？ サイレンを鳴らして警察が駆けつけるのを見れば、即座に犯人は、次の対応に移るだろう――その前に音もなく、この工事現場からこっそり離れることができれば、僕はスナイパーにしてマイナーの意表をつける。

あくまで、かもしれないというだけだが……、先手を打てるタイミングは、今しかない。ならば。

「わかりました。今日子さん、念のために先に外に出ておいてください。それを確認してから足を抜きますから」

「何を言っているんですか、隠館さん」

今日子さんは僕と視線を合わせるように座り込んだ、ちょこんと。そして優しく微笑む。

「ひとりにはしませんよ。そして私を、ひとりにしないでください」

「…………」

何か、性格がよくなってきてる？　探偵じゃなくなって。

5

思えば忘却探偵でも、地雷を踏んだ依頼人を何らかの方法で助けてはくれただろうが、その場合、爆死寸前のクライアント相手に、ここぞとばかりにギャラの交渉に入っていたように感じる——未だ全財産を搾り取られていない、大借金を背負っていないのが不思議でならない。してみると、守銭奴でなくなっていてくれたらいいのにという僕の期待は、案外、達成されているのかもしれない。

まさか無償で助けてくれるなんて。あのけちんぼからは考えられない。

だとすると、忘却探偵であることは、今日子さんにとってマイナスでしかないとさえ言えそうなくらいだったが、それはさておき、このとき僕の念頭にあった『安全圏』とは、もちろん、病院に帰ることではなかった。

掟上ビルディングだ。

この建設中、または解体中の工事現場とは比べものにならない、セキュリティの塊のような、完成された置手紙探偵事務所である。あの要塞なら僕達の安全は間違いなく確保できると言っていい――そして言うまでもなく、別の目論見もあった。

　あそこは職場であると同時に自宅でもあることだし、一日退院じゃないけれど、外出許可を得て家に帰れば、今日子さんの失われた記憶が、つまりは貫かれたミステリー脳が刺激されるんじゃないかという寸法だ。

「はあ……？　探偵――事務所……、ですか？　そこに私が住んでいたと仰るのですか？　なぜ？」

　先程までのてきぱきとした地雷処理が嘘だったかのように、きょとんと小首を傾げる今日子さん――『事務所』はさすがにわかるようだが、『探偵』と頭についただけで、もう駄目なようだった。ただ、音で聞いてぴんと来なくても、実際に探偵事務所内部に這入れば、視覚的にミステリー用語に囲まれるわけで、それで一気に事態が好転する可能性は、素人考えながら、そこそこ高いように思える――今日子さんが守銭奴に戻ってしまうのは痛し痒しだが、犯人が海外逃亡せず、まだ今日子さんを狙い続けている線がにわかに浮上してきた以上、やはり、今日子さんを探偵へと戻す努力は続けるべきだ。

　あの堅牢な建物の中には、今日子さんが信奉する須永昼兵衛の著作もたくさん並んでいるはずだし――何より、寝室の天井に書かれたあの乱雑な文字もある。期待していいんじゃないだろうか。心因性の記憶喪失でないのなら、こういう情に訴えるようなアプローチはそもそも無駄なのかもしれないけれど、それでもやってみるだけの価値はある。敵からの、次の攻撃が始まる前に――と。

またも先走って結論から言ってしまうと、こんな捕らぬ狸（たぬき）の皮算用こそが、僕の先走りだった。僕が恐れをなして、靴を脱ぐのに悪戦苦闘している間に、犯人は既に、第三の事件を起こしていたのである。どうでもいい僕の爆死なんて、軍人は待っていなかった。

第一の事件が今日子さんの狙撃、第二の事件が僕への地雷だったとして、第三の事件の標的は、まさしく、僕が逃亡先に選ぼうとしていた、その掟上ビルディングだったのだ。

目撃者はこう語る。

装甲で固められた巨大な戦車が、キャタピラを鳴り響かせながら、三階建ての探偵事務所を跡形もなく砲撃した――

『掟上今日子の地雷原』――銘記

第三話　掟上今日子の自走砲

1

第一の弾丸で職能を喪失させた。

第二の地雷で上客を消そうとした。

ならば第三の戦車で探偵事務所の破壊を目論むというのは、極めて順当な手順だった——敵は今日子さんから、『名探偵であること』を、完全に奪おうとしている。ただし、目的は見えてきたが、正体は今のところ見えてこない——狙撃銃や地雷ならまだしも（こんなまだしもがあろうとは）、戦車とくれば、いよいよ軍人どころか、軍隊を相手取っているかのようである。

名探偵であることのみを己のアイデンティティとしていた忘却探偵から、その唯一を奪うことで、いったい何をしたいのか？

今日子さんに、何をさせようとしているのか。

その謎を解く名探偵は、既にいない——

2

いくら堅牢無比な置手紙探偵事務所、通称掟上ビルディングといえど、さすがに戦車から砲撃されることを想定してはいない——強固なセキュリティは、あくまでも不法侵入者やらの犯罪者、せいぜい放火くらいの攻撃を念頭に置いた、いわば対人用であり、兵器で物理的に破壊を目論まれたらひとたまりもあるまい。

放たれた五発の砲弾で、ビルディングは無惨にも解体されたそうである。僕の元職場と、これではどちらが工事現場なのか、わかったものじゃない——クビになった作業員としては、敵ながら見事な働きっぷりだと、感嘆の気持ちを禁じ得ない。

こうなると僕が名探偵ならぬ元探偵を連れて、賢明なつもりで事務所内に避難していなくてよかったと、胸を撫で下ろさざるを得ない。いくら二度にわたって頭を撃ち抜かれても生き抜いた忘却探偵と言えど……、掟上ビルディングが忘却探偵の墓標になるところだった。

否、その墓標が、跡形も残らなかった。

あの寝室の天井も粉々——だ。

置手紙探偵事務所は、一夜にして、この世から消えてなくなった——まるでそれが、最後のリセットであるかのように。

置手紙探偵事務所に百回は足を運んだ依頼人としては、もちろん一抹どころではない寂しさを禁じ得ないが、正直に言えば、命拾いをしたという感覚のほうが強い——地雷だけでもそうだったのに、よりにもよって戦車とは。

安全圏などないことを思い知らされた。

結局、ダサパジャマさん、もとい、今日子さんには病院の個室に戻ってもらうことにした——焦土と化した自宅を見て、僕以上にショックを受けるんじゃないかと思っていたが、彼女は特にこれと言って何の感慨もなさそうだった。

拍子抜けではあったがそりゃそうだ、探偵としての記憶がないのだから、当然、探偵事務所の記憶もなく、生じた空白も、ただの空き地でしかないだろう——センチメンタルになる要素がない。

焼畑農業でもしたのかしら、と思うだけだ。

窓のない個室とて、戦車の砲弾に耐えられるはずもないのだが、現実的に、彼女はまだ退院を許されるようなコンディションでもないのである——実際、事務所跡からとんぼ返りに帰還すると、主治医やナースさん達に、無断外出をこっぴどく怒られていた。

あの今日子さんが怒られている……。

暖簾(のれん)に腕押しのふてぶてしさに思うところのあった身としては、一種、胸のすく光景でもあった。

まあ、下手に逃げ隠れするよりも、敵が把握できる位置にいるほうが、今はいいのかもしれない——もしも戦車で今日子さんを狙うつもりなら、それこそ置手紙探偵事務所よりも先に、他の患者ごと、病院を狙ったはずなのである。

一度目の狙撃銃はともかく、二度目の地雷と、三度目の戦車は、今日子さん自身を狙ってのものではなかった——二度目は地雷を踏んだ依頼人が彼女を危険地帯に招いてしまっただけだし、三度目は、きっと留守宅なのを承知で砲撃したのだ。

狙いはあくまで今日子さん自身ではなく。

今日子さんから探偵の資格を剝奪すること。

だったら今日子さんは余計な真似を——たとえば、ドジな依頼人を助けるような真似を——するべきではない。第一の狙撃の際、僕が奇しくもそう強いてしまったように、犯人を追うとか、謎を解くとか、そういう『探偵っぽい行為』を、彼女にさせるべきではない——あれは今日子さんをよりディープな危険に晒す愚行だ。

犯人に撃たれて、大人しく入院する。

この何の面白みもない当たり前な一般的行動こそが、一番、今日子さんの身を守る——だから考えさせてはならない。置手紙探偵事務所を撃った問題の戦車は、いったいどこから来て、どこに消えたのか？　元探偵に、その謎を解かせてはならない。

謎を解かないことこそが生き残る鍵だ。

……いや、それと同じくらい重要な鍵が、もうひとつあって、言うまでもなくそれは隠館厄介である。

僕こそがキーパーソンだ、信じられないことに。

なぜなら犯人は、犯人にして軍人は、第二の地雷で僕を始末し損ねてしまっているのだから——再チャレンジしてくることは想像に難くなかろう。

つまり、今日子さんが病院に戻るのはいいけれど、僕がそれと同じ場所に留まっていては意味がない。むしろできるだけ病院から距離を取らなければ——仮に僕が戦車で撃たれても、彼女を巻き添えにしないだけの距離を。

ひとりにしないでください。

地雷処理の最中、そんな今日子さんらしからぬ台詞を言われたが、申し訳ないけれど、今はひとりにするしかないし、ひとりになるしかない——それに、あんなのは僕の知る今日子さんの台詞ではない。おかしくなっているときに言うことを鵜呑みにしてのぼせ上って、判断を誤ってはならない——ここは犯人の意図通りに計画が進んでいるように思わせることが最優先だ。

命からがら地雷からは逃れることができたけれど、事件に首を突っ込んで死にかけたことにすっかりびびってしまって、荷物をまとめて一目散に逃げ出した——そんな情けないキャラクターを演じるのだ。幸い、このキャラクター像は僕の本質から、さほど乖離してはいない。

当て書きと言っていい。

もう犯人はとっくに海外逃亡しているかもしれないなんて楽観的な危惧をしていたが、むしろ僕のほうが高飛びを装う——そうすれば、敵もいったんは攻撃の手を緩めるかもしれない。敵にも休憩は必要だろう。

その隙に解けばいい。

戦車の謎を、この僕が。

……ああ、そうだ、聞き間違いでも言い間違いでもない。この謎は僕が解くしかない——今日子さんに謎を解かせられないから、というだけではない。極めて現実的な必然性がある。

緊急事態だったとは言え、高層階の窓からスマートフォンを投げ捨てたのは、返す返すも卓越した解決策ではなかったようだ——落下中に電波妨害機の効果範囲外に出たスマホは、確かに空中でSOSを発信してくれたが、その約一秒後、地面に着弾した際、衣服のクッションも虚しく、普通に壊れていた。

僕の拙い網羅推理の②は、正鵠を射ていたのだ。

つまり、冤罪王の命綱とも言えるアドレス帳、マニア垂涎の名探偵リストのデータも綺麗さっぱり消失したということである——探偵のピンチに、他の探偵に助けを求めるのはタブてしまった。

ーといえど、いざというときはそれもやむなしと思っていたが、結果として自ら退路を断っ

今日子さんはスナイパーによって探偵の資質を奪われてしまったが、僕は僕で、依頼人の資格を失いつつある、みるみる。バックアップ？　取っていないとも。守秘義務絶対厳守ではないが、コピーを取るのは気の進まないデータである。

警察に助けも求められない。

僕の信用がゼロであることは証明された。

恐るべきことに、戦車の砲撃も僕の仕業なのではないかと疑われたほどだ――自宅を破壊された被害者である今日子さんがアリバイを証言してくれたから、ことなきを得たものの（『アリバイ』の意味を忘れた今日子さんは、自分が何を『証言』したのかもまるでわかっちゃいないが）。

この点、ひとりじゃなくてよかったことは、認めざるを得ない――そんな意図で、今日子さんが地雷を踏んだ男のそばにいてくれたわけではなかろうとも。

というわけで、引き続きこの冤罪王が、懲りもせず、懲り懲りもせずに、探偵役を務めることになる――名探偵があまりに有能過ぎ、登場するとすぐさま謎を解いてしまうがゆえに、必然的に出番が減少して、相対的にワトソン役が幅を利かせるようになるミステリーを苦々

しく読んできた読者としては思うところのある展開ではある。なので見苦しいというお歴々は、いっそエピローグまでページを飛ばしてくれてもいい。

ここで読むのをやめるのも手だ。

3

日本国内に戦車がないわけではない。

イベントなどに登場する機会も少なくはないし、一般道路を移動する姿も、そりゃあ珍しくはあるが、意外と見かけなくもないのだ――むろん、建造物を砲撃する姿なんてのは論外だとしても。

今回も目撃証言は噴出した。

スマホを投げ捨ててしまったので自分ではその大騒ぎを把握できなかったが、僕が地雷相手に四苦八苦している頃、ネット上はその話題で持ちきりだったと言っていい――深夜の幽霊戦車、と。

それだけ無数の目撃証言があれば、僕が慣れない探偵役など買って出るまでもなく、犯人は確保されそうなものだが、しかしそうなっていないところが謎なのである。

まさしく幽霊戦車。

無数にあった目撃証言が、ある一定地域の一定範囲を越えた途端、ぷっつりと途絶えるのである——どこへ行ってしまったのかと同様に、どこから来たのかもわからない。あるポイントに、いきなり現れたとしか言いようがないのだ。

足跡が辿れないし、出所が遡れない。

まるでステルス技術のごとしだが、しかしああいうのはレーダー探査を想定したもののはずで、人の目をかいくぐるためのものではない——物理的に、しかも巨大な戦車が消失するなど、絶対にありえないはずだ。

つまり何らかのトリックが使われている。

スナイパーライフルやらマインやら、ましてタンクやら、圧倒的な火力を惜しげなく投入してくる割に、犯人は小賢しいトリックも同様に使用している……、喫煙者の行動を利用して狙撃ポイントを誤認させた小細工がまずそうだし、今度は戦車消失トリックである。

僕だったらもしも戦車をマイカーにしていたら、もうトリックになんて頭を悩ませたりはしないけれど——いや、小賢しいとばかりは言えないのかもしれない。

用心深いというのとも違う。

なぜなら、最初の狙撃で今日子さんの推理力を奪っている。のみならずミステリー用語の意味記憶を消している。

つまり推理小説めいたトリックを使用されると、元探偵には手も足も出ないのだ——今日子さんではなく常連の依頼人である僕を狙った地雷に適切（？）に対処できたのは、あの第二の事件に関しては、トリックもへったくれもない、力業だったからに他ならない。

僕があれこれ余計な気を回すまでもなく、戦車消失の謎は、今日子さんには解けないのだ——どこからともなく現れた戦車がどこへともなく消えていったなどという天変地異を聞かされたところで、『ふうん。まあ、そういうこともあるんじゃないですか？　たまたま死角に入って見えなかったとか』で、済まされてしまいかねない。トリックの内容ではなく、トリックを使うこと自体が、犯罪の隠蔽に繋がっている——こうなると、小賢しいと言うよりは賢者である。

腹立たしいほどに。

しかし一方で、犯人はトリックの使用に付随するリスクまでを回避しているわけではなかろう——それこそミステリーに対する辛辣な突っ込みとしてある、『そんなごちゃごちゃこまっしゃくれた策を弄するより、普通に夜道とかで襲ったほうがバレにくいんじゃないの？』が適用できる。これも今の今日子さんが言いそうなことだが。

トリックを解明することが、そのまま犯人の逮捕に繋がるのだ——消えた戦車の謎に迫ることが、同時に犯人の特定にもなる。

再び、冤罪探偵の出番というわけだ。

何一つ頼り甲斐のない探偵の出番になってしまっているけれど、それよりも先に、まずは荷物をまとめなければ――地雷や戦車を前に尻尾を巻いた振りをする必要がある。

海外進出を果たすのはやり過ぎだし、現実的には難しい――いつぞや、パリに旅行したときにそうだったように、この冤罪王がパスポートを使うとなると、国家公安委員会が動いてしまうのだ。

と、これは語りのサゲとして冗談で言ったつもりだったが、しかし洒落にならなかった――瓢簞から出た駒とはこのことである。

掟上ビルディングとは比べるべくもないノンセキュリティな僕の自宅……、オートロックもワンドアツーロックも、防犯カメラも望むべくもない二階建ての集合住宅、いわゆるアパートの部屋に戻ってみると――

「ウェルカムホーム、ミスター・ヤッカイ」

白スーツを纏った、ブロンドの小男が待ち構えていた。

4

荷物をまとめるのは大仕事になりそうだ。

そう思わされてしまった――滅茶苦茶（めちゃくちゃ）に散乱した僕の部屋を見てしまっては。本棚からキャビネットから押入れから、あらゆる収納が引っ繰り返っていて、布団もカバーが外されて中身を引っ張り出され、ゴミ箱も引っ繰り返されている――どんな空き巣が這入ったって、こんな散らかりかたはすまいという無惨な有様だ。

誤解されたくないので言っておくが、普段の僕の部屋は、ちょっとしたモデルルームくらい片付いている。アパートなのに、だ。整理整頓（せいとん）は冤罪王の務めである。ある種のノブレス・オブリージュと言ってよいだろう。僕が何らの罪で誤認逮捕されたとき、好奇心旺盛（おうせい）なマスコミに槍玉（やりだま）にあげられるような隙を見せてはならない。突っ込みどころのある趣味嗜好（しこう）を匂わせるものは何一つとして置いてはならない。常に品行方正な模様替えをおこなう必要があった――李下（りか）に冠を正さずと言うが、僕くらいになると、李園（りえん）には近付かないし、そもそも冠をかぶらない。

冤罪王は無冠の帝王なのだ。

そんな、クリーンルームよりクリーンな僕の１ＬＤＫが、竜巻が通り過ぎたあとのごとしである――ここはカンザスじゃないのか？

室内にある物体の中で、唯一裏返っていない調度である、年中出しっぱなしのこたつに腰を降ろし、足を組んだブロンドの小男は、動揺を隠しきれない僕を面白そうに眺めている

――いや、面白そうかどうかは、正確にはわからない。

サングラスで視線が読めないから、口元からそう読んだだけだ。唇ではなくそこから覗く、ブロンドよりも輝くような白い歯が、直感的にそう思わせた――このシチュエーションを面白がっているのだと。

冤罪王であるこの僕が、証拠もないのに決めつけるようなことを言うのはよくないが、しかしさすがに、この惨状が彼の仕業であることは疑いようもない。が、更に言えば、堂々を通り越して、泰然とさえ言えるその態度は、空き巣や泥棒、まして居直り強盗のそれではない。

むしろ雰囲気は真逆――そう。

どんな空き巣が這入ったってこんな散らかりかたはすまい、とは言ったものの、たとえ竜巻が来襲しなくとも、室内がここまでの散らかりかたをするケースを、僕はひとつだけ知っている。

僕だから知っていることでもある。

そう――捜査機関、法執行機関が犯人の住居へと令状を取って家宅捜索に這入り、犯罪の決定的な証拠を見つけ出そうとした結果として見るならば、むしろこれは、大人しいくらいスタンダードである。

「け──警察のかたですか？」

警戒心を保ちつつ、いつでも逃げ出せるよう、玄関口で靴を脱がないままに、僕は慎重に訊ねる──室内にいるにもかかわらず、同じく靴を履いたままのブロンドの小男は大きく首を横に振った。警察じゃない？　じゃあ、公安？　僕の遠出計画を早くも察した？　優秀過ぎるだろう。僕は二十四時間態勢で監視されているのか。つまりパスポートを回収するための家捜しか？

「警察じゃない。この国の、という意味では」

言って小男は、スーツの上着の裾をまくるようにした──パンツのベルトのところに、バッジが挟まっていた。

なるほど、確かに、そのバッジのつけかたは、日本の警察官のスタイルじゃない……、海外ドラマの知識で申し訳ないが、アメリカ合衆国のスタイルだ。しかも、そのバッジにアルファベットで刻印されている内容ときたら──海外ドラマを見ていなくても、地球上に、あの三文字で表される組織を知らない者はいない。

F・B・I。

「C・I・Aじゃなくてがっかりさせたかな？　ミスター・ヤッカイ」

愉快そうに小男は言う。

「Federal Bureau of Investigation。連邦捜査局のエージェント、ホワイト・バーチだ」

「…………っ！」

体温が三十六度くらい、一気に下がったのを感じた——僕の部屋にＦＢＩが？　警視庁を始めとして、津々浦々の道府県警に逮捕されてきた僕ではあるし、また海外の捜査機関のお世話になったこともないではないのだが、それにしたって憧（あこが）れのスコットランドヤードを飛ばして、ＦＢＩって。

僕は後ろ手に扉を閉め、靴を脱ぐ。

こんなの、裸足で逃げ出すために脱いだようなものだ——元より日本警察相手でもそうだけれど、しかし、さすがにＦＢＩ相手に逃亡は図れない。まさか腰につけたバッジ同様に、ハンドガンを携帯しているとは思わないけれど……、くそう、こんなことをしている場合じゃないのに……、いったいいつ、僕が連邦犯罪の容疑者に？

落ち着け、ＵＳＡには死刑のない州が結構多いんだから、日本で逮捕されるよりは、意外と命の危険がないとも言える。考えてみればハンドガンなら、日本のお巡りさんも日常的に持ち歩いているし。

「バーチさん……、バーチ捜査官」

意を決して、僕は言った——ＦＢＩを相手取るのは初めてでも、場数は踏んでいるんだ。

日本を代表する容疑者として、恥ずかしくない対応をしなくては。

「ろくなおもてなしもできませんが、お茶でも飲まれますか？　日本茶ですけど」

「結構。ワインの赤以外は呑まないと決めているので」

そこは白じゃないんだ。白スーツなのに。シャツやネクタイまで白なのに。

海外ドラマじゃ、職務中だからとアルコールを固辞する捜査官が多いけれど――残念ながら、僕の冷蔵庫には酒類は常備されていない。その冷蔵庫も見事に引っ繰り返されているし……、冷蔵庫を引っ繰り返すって。そこはアメリカンなパワーと言えばいいのか、小男にあるまじき膂力だな。

「えーっと……」

いつもならば、国籍はどうあれ、そして容疑はどうあれ、捜査官を前にすれば『探偵を呼ばせてください！』と叫ぶところなのだが、先述の通り、今はそれができない。スマホをなくして無力な現代人だ。固定電話で、普通に弁護士を呼ぶべきか？　国際弁護士を。

「遥々アメリカからお越しいただいたのに申し訳ありませんが、ちょっと今、あれこれ取り込んでいまして……、僕を逮捕するのは後日にしていただくってわけにはいきませんか？」

「ＦＢＩの捜査を後回しにしようとは恐れ入った。さすがは冤罪キング」

肩を竦めるバーチ捜査官――エージェントがするからってわけじゃないだろうけれど、オーバーリアクションがめちゃくちゃ様になるな。羨ましい限りだ。

「さながらジェイルハウス・ロックと言ったところかな。安心していい、ミスター・ヤッカイ。私は逮捕令状を持ってきたってわけじゃない」

「え？」

令状もないのに、僕の部屋をこんなに荒らしたの？　ＦＢＩを前にすれば、僕のアパートの部屋の鍵なんて、安全ピンで開けられるどころか、ドア自体が安全ピンくらいの強度しか持つまいが――そもそも、いくら天下に名高きＦＢＩといえども、日本国内での捜査権を有してはいないはずだ。

だとするとこの人、何を土足で僕の部屋で座り込んでいるんだよ。捜査官だと思っているからそのアメリカ文化に理解を示していたけれど、そうじゃないなら、ただの土足の人じゃないか。

「令状なんてなくても、きみくらいいくらでも逮捕できるからね。確かにアメリカには死刑を執行している州は少ないが、懲役三百年とかがあることもお忘れなく。陪審制に耐えられる容疑者ではないだろう、きみは」

「……達者ですね。日本語」

「こんな髪をしているが、一応は日系でね。気にせず難しい言葉を使ってくれて構わない。

『初任給』とか『殷賑ぶり』とか『瞋恚』とか『しょんない』とか『ござる』とか、何でもござれだ」

「はあ……」

大抵の場合、それしかもらったことがないから『初任給』はわかるけれど、僕も語彙が豊富なほうではないので、『殷賑ぶり』と『瞋恚』は、意味がわからないな……、『しょんない』は確か静岡県の方言だし、『ござる』に至っては死語でさえなく最早ギャグだ――まあ、英語でやり取り、と言うか、自己弁護をしなくていいのは非常に助かるな。

日系――ＦＢＩも多様性である。

「逮捕じゃないならなんですか？　バーチ捜査官」

「忠告だ。通牒かな」

日本語だからというわけではないだろうが、そんな風に言葉を選んで、バーチ捜査官は言うのだった。

「命が惜しければ、今回の件から今すぐ手を引くことだ。スナイパーのことも、携帯地雷のことも、幽霊戦車のことも、綺麗さっぱり忘れてしまうことをお勧めする――忘却探偵のように」

「――っ」

遅ればせながらもいいところだった。そもそも、部屋に不法侵入をされている時点で気付かねばならなかっただろう——推理小説では俗に、語り部の知能は賢明なる読者よりも低く設定されねばならないと言うが、さすがにこれは低過ぎだ。

言い訳をさせてもらえば、僕にとって冤罪のダブルブッキングなどは日常茶飯事であって、濡れ衣を脱ごうともがいている途中で別の濡れ衣を重ね着させられるなんてことは、冤罪王あるあるなのである。

それに、これまでその姿をまったく見せていなかった犯人が、向こうのほうからアポ取りもなく現れるなんて、予想外過ぎる。

犯人が出頭してくる推理小説など、あってたまるか。

出頭ではなく出兵か？

こうも無法に部屋を荒らされたことに戸惑いを隠せずにいたけれど、むしろ逆だった——このアパートが地雷で爆破されたり、戦車で砲撃されていてもおかしくなかったのだ。急所を狙えば、スナイパーライフルでも解体可能な建築物である。

敵の思惑に乗って逃亡を図る振りをするつもりだったが、その荷造りを妨げるために、こんな風に先手を打ってくるとは——確かにこうも散らかされてしまっては、手早く着替えをスーツケースに詰め込むわけにはいかない。

しかし意外な犯人にも程がある……、警察官が犯人という展開に関しては、国産ミステリーでも珍しくないけれど、それにつけてもＦＢＩ捜査官って。登場人物一覧に載っていない人物が犯人だったときくらいの意外な犯人だ。

……ただ、単に意外というだけじゃなく、そぐわない感もある。名探偵が一同の前でおこなう謎解きのような、すとんと腹に落ちる感覚がない。なんとなく……、大雑把には納得できそうでいて、ＦＢＩ捜査官って軍人ではないはずだよな？

ハンドガンならまだしも、スナイパーライフルとか、地雷とか、戦車というのは……、あでも、それはあくまでひとつの仕事に一生を捧げがちな日本人の感覚であって、従軍経験のあるＦＢＩ捜査官はいるのか。

同世代くらいに見えるけれど、ならばこの小男、僕とは比べものにならないほどに人生経験が豊富なのか……、だからと言って今日子さんを撃っていいことにはならないが。

「誤解するなよ、ミスター・ヤッカイ。どちらかと言えば私はきみに理解を示しているつもりでいる。冤罪はつらいものだ。私もかつては友人からチャイルドマレスター扱いされたから、きみの気持ちはわかる」

それと一緒にされたくないな……、日本でも駄目だが、アメリカでのそれは洒落にならないのでは？

さすが大国の冤罪は規模が違うな……。

「シンプルにきみの身を慮(おもんぱか)っているんだ、私は。単なる依頼人のきみは、元忘却探偵の巻き添えになるべきではない……、なぜなら既に四回、きみは死にかけているのだから」

「四回？」

地雷の件が、間違いなく内の一件だとして……、戦車も僕を殺しかけているか。砲撃されるまさにその建物に、あろうことか僕は避難しようとしていたのだから。勘が悪いにも程がある。それに、今日子さんが狙撃される現場に居合わせたことを、最初の一回にカウントすべきだろう。あのとき、狙いを逸れた弾丸、または跳弾が、僕の急所に命中していても、何の不思議もなかった。

しかし、それでも合計三回だ。

残る一回は？　……今、このときか？

これまでの会話の中で、いつでも僕を逮捕できたし、いつでも殺すことができたと、バーチ捜査官はそう脅しているのか？　日本文化を重んじ、靴を脱いだのは早計だったか……、ＦＢＩ捜査官を前にしたからと言って、腹をくくるのは勇み足だった。

「それでもまだ存命なのは大したものだが、しかしまさか不死身というわけではあるまい。逃げる振りで日本茶を――お茶を濁(にご)そうとしているようだが、本気で逃げることを勧める。

できれば海外にね。更にできれば下手な疑いがかからないよう、犯罪人引き渡し条約が結ばれていない国に」

お見通しなばかりか、至れり尽くせりの気遣いまで……、返す返すも、僕には探偵役など分不相応だった。謎を解くどころか、トリックを突き止めるどころか、向こうから現れた犯人に脅迫されている有様である。

いっそ力任せに戦うか？　もう。僕の身長で不意をつけば、小男を組み敷くくらいのことはできるのでは……、いやいや、総身に知恵を回せ、大男。相手に従軍経験があるかもしれないことを忘れるな。仮にそうでなくともＦＢＩ捜査官相手に、武道の心得もない、ただでかいだけの奴が、触れることだってできるものか。ハンドガンを持っていようが持っていまいが、射殺する口実を与えるようなものだ。

謎は解けない。トリックはわからない。犯人の確保もできない――ならばせめて……、動機だけでもはっきりさせなければ。

なぜここまでする？

どうして推理力、依頼人、事務所――すべてを破壊する？　今日子さんが探偵であり続ければ、ＦＢＩ捜査官がどう困るというのだ？　どうしてこうも徹底的に、執拗なまでに彼女の探偵性の排除を企むのだ？

どんな利益相反に当たるのだ？

「こう言っちゃあなんですけれど――そこまでするほどのことなんですか？　一国を、否、世界を代表する法執行機関の人間が、動くようなことなんですか？」

「ん？」

こちらからの質問が意外だったのか、バーチ捜査官は首を傾げた――そのオーバーリアクションに構わず、僕は続ける。

「今日子さんは、そりゃあ僕から見れば頼れるかかりつけの名探偵で、何度冤罪を晴らしてもらったかわかりませんけれど、でも、ワールドクラスで見れば、そこまで評価の高い探偵というわけでもないでしょう」

どんな事件も一日で解決する忘却探偵。

しかしそれは、裏を返せば、一日で解決できる程度の事件しか担当しないという意味でもある。常連のクライアントである今日子さん贔屓（びいき）の僕でも、長期的な対応を必要とするような冤罪を晴らすにあたっては、別の探偵に依頼する。

単なる向き不向き、得手不得手の問題ではなく、最初から今日子さんの探偵性には、どうしようもなく制限がかかっているのである。リセット以上のリミットが。

捜査機関と探偵が、カジュアルに言ってライバル関係にあるのはどの国家体制でも古くから変わらないにせよ、少なくとも掟上今日子は、連邦捜査局が脅威に感じるような探偵ではない。

奇しくも今日子さん自身、探偵の仕事なんて浮気調査かペット探し——と、一般的な意見を述べていたが、忘却探偵の職掌が、その延長線上であることは間違いない。いわば僕の冤罪を晴らすところが、最速の探偵のマックスである——仮に置手紙探偵事務所が百年続く老舗(しにせ)になったところで、連邦犯罪の捜査に着手することはない。

排除する意味がない。国境線を飛び越えてまで、まして他国の法を犯してまで。

「幽霊戦車を、どうやって出現させて、どんな風に消滅させたのかを聞こうとは思いません。だから、どうして今日子さんを、そうもしつこく狙わなければならないのか、教えてはもらえませんか」

「だから、誤解するなと言っているのに——私のワイフなら、『勘違いしないでよね』と言うところだ」

既婚者とは意外である。

しかも、ワイフはツンデレなのか？

「八歳の娘だっているよ。きみに言われるまでもなく、私は掟上今日子のことを知っている。彼女が掟上今日子になる以前からね」

「――なる以前」

探偵になる以前。

から、ＦＢＩは忘却探偵を監視していたというのか？　公安が僕を監視しているように？

今日子さんがその昔、活動の拠点を海外においていたことは紺藤さんから聞いたことがあったけれど、まさか彼女が連邦犯罪を？

探偵＝犯人のパターンだと？

「言うならば私は彼女のウォッチャーだ。ファンクラブの会員と言ってもいいね。彼女が彼女を忘れてしまう代わりに、彼女のおこないを観察し、記録する。記憶ではなく。ミスター・ヤッカイの誤解を解くのは、その質問に答えるのと同じくらい難しいが、ひとつだけ言うなら――ありし日の掟上ビルディングの寝室、その天井に書かれていた文字。ご存知かな？」

「『お前は今日から、掟上今日子。探偵として生きていく』――ですよね？」

「あれを書いたのは私だ」

当時、日本語を書けるのは僕だけだったのでね、と、バーチ捜査官は、なぜかそこは、言い訳みたいに言った――もっと他に、具体的な理由があるのをそれっぽい理由で誤魔化すように。

「悪筆なのは勘弁してくれ。大変だったんだよ、天井に字を大書するというのは。手が届かなくて――ミスター・ヤッカイの身長なら、余裕だったかもしれないが」

「…………」

「筆跡鑑定はもう無理だな。影も形もなくなって――きみは忘却探偵を、制限のかかった探偵と言ったが、その制限をかけたのは他ならぬ私達というわけだ。もっとも私達の理屈で言えば、忘却が制限なのではなく、探偵が制限なのだ」

ん――それはどういう意味だ？

どちらにしても、今日子さんの能力に、強い制限をかけたかったということのようだが――ずっと棚上げにしていた、天井の文字の筆者が、思わぬときに思わぬ形で明らかになったけれど、しかしそれも今となっては、後の祭りである。バーチ捜査官の言う通り、既にあの荒々しい文字は消し炭と化したのだから――その真偽を問うことさえも難しい。何とでも言えると言えば何とでも言える。

それに、新しい謎が生まれてしまっている。

制限をかけたのがこのブロンドの小男であるならば、なぜ今になって、その制限を、かなり乱暴な手段をもって、解除しようとするのか――これはもう、謎と言うよりも、ただの矛盾であるように感じる。

「だからそこが誤解もはなはだしいんだ。冤罪という奴だよ、ミスター・ヤッカイ。厄介なことにね」

機を逸していたが、そろそろ僕の名前はヤッカイではなくヤクスケだということを、訂正したほうがいいだろうか——だが、今はバーチ捜査官の話を聞くべきときだ。僕の名前などどうでもよい。

冤罪だと？　この冤罪王をさしおいて？

その否認、プライドを甚く傷つけられる。痛いほどに。

「私は忘却探偵を狙撃していないし、きみに地雷を仕掛けてないし、まして戦車で掟上ビルディングを破壊などしていない——私は犯人ではないし、軍人でもない。どうしてそんな風に思わせてしまったのか、途方に暮れるよ」

おっと。さしおいてどころか、僕が冤罪をかけてしまった形だったのか——いや、どうしてと言われれば、留守中に勝手に忍び込まれて、部屋を荒らすだけ荒らされたからと答えるしかないが、確かに、思い返してみれば、今のところ僕はバーチ捜査官から、この件から手を引けと忠告されただけである。

そんな忠告、本人に言わせれば通牒だったが、ＦＢＩ捜査官でも犯人でもなくとも、誰だって今の僕にはするだろう——探偵役とか、出過ぎた真似をしているのは、誰の目にも明らかなのだから。

「で、でも、だったらこの部屋の惨状は――」

「ん？　私からすれば、きみの容疑を晴らしておかなければならなかったのでね。限りなく低かったが、地雷の件は自作自演で、きみが真犯人である可能性は、ゼロではなかった。整い過ぎているこの部屋は、はっきり言って怪しかった。疑いをかけられないように気配りのされたスパイの部屋のようだった」

悪びれもしないな。

お互いがお互いに冤罪をかけあっていたようなものか――スパイの部屋のようだと言われれば返す言葉も孵す卵もないが、お互い様とするには、ややすれ違いが過ぎている。互い違いと言っていい。

「スパイであってくれたほうが私にとってはよかったのだがね。できることなら、探偵・掟上今日子を保護したかった――言える範囲で言うと、一種の証人保護プログラムのようなものでね。それこそ守秘義務があるから、詳細を明かすわけにはいかないのだが。しかし、その保護を続けることも、このざまじゃあもう難しいようだ。となれば私は、一般市民を優先して守らなければならない。日本国民であろうと、アメリカ国民であろうと――ホワイト・ホースの手から」

ホワイト・ホース？

それが真犯人の名なのか？

しかし、ホワイト……、このホワイト・バーチ捜査官の親族？　ここで憧れの『家系図』の登場？　いや、日本と違ってファーストネームが先に来るから、名字というわけではない。

しかし——

「彼女を敬愛するファンクラブの会員は、誰しもホワイトを名乗るんだよ。誰に言われたわけでもなく、自然にだ。もっとも、ホースの場合は敬愛というより信愛だがね——私は軍人ではないが、彼にとってホワイトという名は、ドッグ・タグのようなものだ。ホースの首にかかった、ドッグ・タグさ」

ドッグ・タグ。

鑑札——認識票——鑑札票。

「これ以上の誤解は避けたいから言っておくが、私とホースは、親族でもなければ、会ったことも喋ったことも、ＳＮＳで繋がったこともない。ただお互いに、違う形で彼女を愛しているというだけだ——ホワイトの語源は、言わなくてもわかるかな？」

そりゃあもちろん、言うまでもなく。

ホワイトと言えば、今日子さんの白髪——である。

ただし、同じホワイトでも、天井に文字を書いて彼女を縛ったホワイト・バーチと、その総白髪を撃ち抜いたホワイト・ホースでは、確かに『愛しかた』が違うようだ。

一方は束縛し……、一方は剝奪する。

何のために？

「軍人――で、いいんですよね？」

それくらいは僕の読みも当たっていてほしかったが、しかしバーチ捜査官はすげなく「正確には違うね」と言うのだった。

「元軍人、というのとも違う。少なくとも、かつて所属していた軍のほうは、そう言ってほしくないだろう――なぜなら、ホワイト・ホースは不名誉除隊されているから」

「不名誉除隊？」

「ミステリー的な意味合いを取り除いても、軍人ではなく犯人としての性格のほうが強いよ。戦争犯罪人だから」

そのニュアンスは、同じ犯罪者でも、ミステリー的な感覚とはまったく様相を異にする――と、推理小説の登場人物としては反論したいところだったが、しかし、「そう……、ですか。そう……」と、僕は弱々しい相槌(あいづち)を打ってしまった。

友達の悪口を聞き流してしまったような後味の悪さを嚙みしめる。

のみならず、考え続けるのがしんどくなってしまって、僕は半ば(なか)強引に、自分の思考を打ち切った。

どうやら、この不法侵入の小男が、僕を守ろうとしてくれたというのは、事実なのだろう――遅ればせながらでも、感謝すべきだ。死にかけた四回目というのは、そういう意味での今現在であり、彼がこの部屋にいてくれたからこそ、僕は今、留守中に仕掛けられた地雷やら何やらで死んでいないということなのだ。僕の冤罪を晴らすための家捜しも、同時に、ホワイト・ホースに仕掛けられた地雷探しだったのかもしれない――しかし、だからと言って『サンキュー・ベリー・マッチ』と言うだけの気力も、今の僕には残っていなかった。

肩透かしと言うのとはやや違うが、しかしこの『偽の解決編』に、透かされた感は否めなかった――犯人が向こうから訪ねてきてくれるなんてご都合主義は、やはりそうそう起こらないのか。

突然現れたと思った犯人像は、同じく不意に立ち消えた――まるで幽霊戦車のように。

むしろ、敵の正体はより謎めいた。

ホワイトとかホースとかの通称名がわかったことで、より深い闇の中に姿をくらましてしまった――つまり犯人は、ＦＢＩを向こうに回してでも、今日子さんから探偵性を奪おうとしているのだから。

だから――何のために？

……もしかして、剝奪ではなく、束縛からの解放なのか？

制限の——解除？

「失望させてしまったようだね。本意ではなかった。お詫びというわけではないが、元忘却探偵に、お別れを言う時間くらいは提供しよう——その間くらいの安全は、私の権限で保証できる」

と、同情するように言うバーチ捜査官。

相変わらずのオーバーリアクションではあったが、その同情に限っては演技ではなさそうだった。

「聞こうとは思いませんと言っていたが、その際、幽霊戦車の謎についても、訊いてみればいいさ。遠慮することはない。もしも犯人——軍人の思惑が順調に嵌まっている様子なら、彼女は難なく、その出現トリックと消失トリックの謎を、解いてしまうことだろう。地雷処理と同様の手際で」

探偵でもないのに。

探偵ではないからこそ。

「今の彼女に謎を解かすべきではない、なんて気を回さなくてもいい。なぜなら、それは彼女にとって、謎でさえない自明なのだから——」

5

「現実的に考えれば、それは拡張現実でしょうね。いわゆるＡＲ、augmented reality。四半世紀前には成立しないステルス技術ではありますが、それならば出すも消すも自由自在でしょう。さながら狼少年のごとく、誰かが『戦車が来たぞ！』と叫んだとして、現代人が真っ先に取る行動はなんでしょう？　そうです、逃げることでも、伏せることでもなく、スマートフォンを取り出して撮影すること、ですよね。遊園地のパレードに五時間並んだ挙句、小さなスマホの切り取られた画面しか見ていないなんてのは、愉快な思い出じゃないですか。皮肉にも最新スマホの輝度は、現実の風景を現実の風景よりも鮮やかに映しますから、顔を起こせば風景のほうがくすんで見えてしまったりしてね。配信される動画と比べてテロップが出てないから現実はわかりづらい、なんて感じてしまうのかも。うふふ、ながらスマホどころか、スマホにしか集中していません。でも、スマホのディスプレイしか見ていないのであれば、そこに戦車が映っていれば、実際には道路で戦車が走っていようが走っていまいが、おんなじじゃありませんか？　逆に言えば、戦車が走っていようが走っていまいが、そこに戦車が映っていなければ、その現実は拡張された非現実の前に、かき消されてしまうのではないでしょうか——幽霊戦車と言いますけれど、だとすると、とんだ心霊写真ですよね。Ｑ

Rコードでもカラーバーコードでもいいのですが、そう言った画像や動画のコードをカムフラージュ的に戦車の表面にコーティングしておいたり、道路や標識にあらかじめ埋め込んでおけば、きっかけとなる『戦車が来たぞ！』の一言で扇動にさえ成功すれば、事前に録画された動画が、ディスプレイの中を驀進するだけです。もちろん、奥行きのある立体感も、サラウンドも付加されてね。実際の戦車とその動線がズレようと、砲撃後、画面の戦車とは正反対の方向へ逃走しようと、誰も本物のほうなんて見ちゃいません——レーダーを騙すステルス技術の一歩先であり、いわばデーターを騙すステルス技術ですね。そしてSNS全盛期の今だからこそ、撮影された写真や動画が大量に出回れば、それで既成事実が成立します。嘘か本当かなんて、虚か実かなんて、関係ありません——いずれはその場にいなかった方々でさえ、まことしやかに戦車の戦果を語るでしょうね。もちろん、これは一番簡単にプレゼンテーションしているだけで、実際にはもっと複雑な技術が採用されています。最低限、戦車を撮影するスマホへのハッキングは必須かもしれません——サイバー技術で、周辺の通信網を経由して一帯の端末に専用アプリを強制的にダウンロードさせることに成功すれば、計略の達成率は飛躍的に向上します。現代の戦場はコンピューターで支配されると言いますし、それだけ大量のデジタル処理をおこなう以上、あるいは戦車も衛星経由の自動操縦の無人機だったのだと思われますが、いやはや、戦術も日進月歩のドッグイヤーですよね。は？　謎解き？　私がそんな気持ち悪いことをするはずがないじゃないですか」

6

秒殺。

しかも、と言うべきか、しかし、と言うべきか、ご本人の仰る通り、そしてＦＢＩ捜査官が予言した通り、謎を解いたと言うよりは、ただただ、知っていることをわかりやすく説明しただけというようなニュアンスでの立て板に水だった——だが、それが何より異常なのである。

謎を解けなかった、探偵の振りどころかただの振りになってしまった冤罪探偵の負け惜しみで言うわけじゃないが、戦車だなんて大仰で問答無用で無骨なまでの兵器を出してきておいて、本命は実在さえしないＡＲだったというミステリー的な『どんでん返し』など、その異常さに比べればなんでもない。

知っ、て、い、る、こと？　知っ、て、い、る、ことだと？　今日子さんが？　このダサパジャマの女性が？　ＡＲはおろか、令和スマホの操作すらままならない忘却探偵が、最新テクノロジーについてこうもぺらぺら、スムーズに講釈を垂れるなんて、天地が引っ繰り返ってもあってはいけないのである。

SNS全盛期？　誰が語っているんだ。

むろん、入院中、僕の見舞いの足が遠のいていた頃に、退屈にあかせてテレビだったり、インターネットだったりで仕入れた知見なのだろう――ダサパジャマだって、病院内のワイファイを利用したネット通販で、サイズも確認せずに購入したものに違いないのだ。そういう意味では、今日子さんはそこまで複雑なことは言っていないし、専門用語も多用していない。あくまでも一般常識の範囲内だ。

知っていることを、知っているだけ。

それはそれでいいだろう。

夜が来ようと朝が来ようとリセットされず、獲得した知識が継続し、日々積み重なっているということも、まあ喜ばしいと言えるのだが――しかし、積み重なったその知識の使いかたが、なんだか不穏である。

高らかな軍歌が、あるいは軍靴が響く。

空想上のフィギュアやゲームのキャラクターを、ディスプレイの中で現実の風景と合成して楽しむみたいなテクノロジーを、当然のように戦車と結びつけた――有体（ありてい）に言って、これは技術の軍事転用である。

知識を、戦争に、使った。

ミステリー脳を失った今日子さんの思考回路がそういう風に繋がっていることが、僕にはなんだか、とても怖い——犯人との対決とか、知的好奇心とかに基づいて、人殺しの現場に意気揚々と乗り込んでいく名探偵なんて、それに比べればなんて可愛いんだ。

思考回路と言ったが、撃ち抜かれて、脳の回路がそう繋がったのか？　そんなバイパスが通ってしまったのか？　意味記憶を奪っただけでなく——探偵とは違う、別の思考回路を生み出した。

生み出したのか。

それとも——修復したのか。

連邦捜査官が言うところの、忘却探偵になる以前の今日子さんへと。

探偵の資格を返上させることは、あくまで犯人にとって副次的な事象であり、真の目的は、ミステリー用語でいうところの『意外な動機』は、言うならばまったく別のところにあった。

スナイパーライフルのみならず、地雷、戦車といった、平和な市中にはまるでそぐわない、奇を衒った大仰な道具立ても、すべて今日子さんの脳を刺激するためのものだった。

そうしてみると、第二の事件も、地雷で僕を始末することには失敗したが、しかし、その地雷を今日子さんに処理させたことで、犯人の目的は達成されているとも言える。

思い出させるために。地雷よりも、空白を埋めるために。

さながら冒険者が古代兵器の復活を目論むがごとく、手ぬかりなく手練手管を弄している──そりゃあ道理でＦＢＩが動くわけだ、連邦犯罪を超えてきている。

何かの折に、動物トリックではなく生物兵器と言えば今の今日子さんにも伝わるなんて、僕は冗談のつもりでそう言ったけれど……、だが、兵器と言うなら、今日子さんこそ、その兵器になりうるのでは。

ホワイト・ホースは今日子さんに探偵をやめさせたいんじゃない──スナイパーライフルや地雷や戦車、デジタル技術同様の、戦争の道具にしたいのだ。町の探偵という密室に封じられていた兵器を、世界に向けて解放したいのだ。

一連の事件の犯人が、バーチ捜査官の言うように戦争犯罪人なのだとして、そんな人物がかつて信奉し、かつ、カムバックを望んでいるという仮定から導き出される『推理』があるとすれば……。

探偵ではなく、退役。

退役軍人？　今日子さんが？

ダサパジャマ以上に似つかわしくないそんな肩書が、どうしてか、ミステリー用語を忘却した今の今日子さんには、オートクチュールで誂（あつら）えたようによく似合った。

バーチ捜査官からお別れを言う時間を提供してもらった僕ではあったけれど、しかしながら、そんな今日子さんを前に、依頼人でもなく、探偵役もこなせなかった僕は、何も言うことができなかった。

『掟上今日子の自走砲』——銘記

第四話　掟上今日子の防空壕

1

何も言うことができなかったということは、翻って別れを言うこともできなかったということなので、僕はＦＢＩ捜査官からの通牒を無視して、事件に関わり続けることにした。世界一の法執行機関と軍人ならぬ戦争犯罪人を同時に敵に回すという事態に、冤罪王も偉くなったものだと、我ながら恐れ入る。

いやしくも王だから偉いのは当たり前なのだが。

というわけで、頑なに当初の予定通り、逃亡した振りをすることになるので、ＦＢＩの監視下にあるアパートにはもう戻れない——そして敵がコンピューターやハッキングにも精通しているとなると、個人情報や行動履歴はダダ漏れだと思っていい。こうなると、僕が現在、スマートフォンを（自ら）壊してしまっていることは、もっけの幸いと言えた。まるで先の展開をことごとく読んでいる一流の棋士のようだ。

拡張現実のトリックは、僕には通用しない。僕は戦車を見失うことはない——だからと言って、むろん戦車に立ち向かえるわけではないが、こうなると、少しでも僕のいいところを見つけないと。

偽りの逃亡先にどこを選ぶか？

迷ったが、僕は沖縄県に向かうことにした。

遠出と言えば沖縄県か北海道となってしまう辺りが、愛らしい僕の奇人変人じゃないところで、個人情報が漏洩していなくてもFBI捜査官や戦争犯罪人の目を欺けるとはとても思えないけれど、しかしどうにかして、根性で外国に亡命してしまったりすると、この状況では戻ってこれなくなってしまう恐れがある。親切なバーチ捜査官に僕の帰国を制限されたりしたら、目も当てられない。

根性と言うなら、ここは島国根性を発揮しよう。

ただ、しかし今日子さんが探偵以前は退役軍人だったかもしれないなんてとんでもない仮説が出てきたところで、米軍基地の多い沖縄県へと足を向けたのは、単なる巡り合わせとは言いにくい――無意識に意識が働いたのかもしれない。仮に沖縄行きのフライトを予約できなければ、そのときは北海道ではなく、僕は横須賀（よこすか）に向かったんじゃないだろうか？

さすがに今日子さんが、元ネイビーだったとか、元グリーンベレーだったとかではないと思う……、従軍経験がないらしいホワイト・バーチ捜査官の口ぶりからしても、今日子さんがかつて米軍に所属していたわけではないのは明白である。

明白――ホワイト・ホースも同様に。

小学生でも翻訳できるこの『白馬』という英語名は、あくまでドッグ・タグであって、決して母国がアメリカ合衆国であることを証明はしないだろう――イギリスを始めとする英語圏であるかどうかさえ怪しい。

それにしても……、いつぞや着用していたセーラー服が、年齢にそぐわずやけに似合ったと感服していたが（服だけに）、あれも今日子さんが退役軍人だったからと考えれば、得心できる。まさかあのおふざけが伏線だったとは。

ともあれ朝一番の便で、僕は那覇空港にやってきた。

飛行機を降りた瞬間から温度が違う。

ひとまず、気持ちと状況が落ち着くまで、この南国に長期滞在するつもりだ……、スマホを失った今、ネット予約という快適さから解放されたので、ついでに電話予約という不自由な縛りもないので、リーズナブルなホテルを一軒一軒、足を使って地道に巡るしかない。幸い、仕事をクビになっているし、心配してくれる家族もいないので、その気になればいつまでだって沖縄に滞在することもできるのだが、不幸なことに予算には限りがある。

どちらも不幸かな？

逃亡という名目なので、周囲にはほとんど何も伝えずに、もちろん今日子さんにも言わずに沖縄に来たのだが、一応、万が一僕の身に何かあったときのために（万が一なのか、十中八九なのか）、出版社勤務、頼れる友人の紺藤さんにのみ、出発前に空港から、『しばらく留守にする』とだけ伝えておいた。

これは忘却探偵にはありえない情報の漏洩で、自分自身の守秘義務さえ守れていない僕だったが、とは言え行方不明になった僕に関して失踪届を出すとすれば、大恩ある紺藤さんをおいて他にいないので、そのルートは神経質に塞いでおかないと。

ついでにひとつ頼みごとをしておいた。

それは万が一どころかダメ元の頼みごとだったのだが、さすがのできる男は、ふたつ返事で快く引き受けてくれた——さて、果たしてこの伏線は、吉と出るか、凶と出るか、裏目に出るか？

逆さに振っても何も出ないという線が一番強そうだが、それならそれでいい。無駄な努力も上等だ。繰り返しになるが、セーラー服のあれ以上に、僕自身、あまり当てにしていない伏線である。

シーズンを外した平日だったこともあり、寝床の確保は思いのほかスムーズに成功した。僕の人生にも、たまにはこういうことがあるのだ。しかしそこはかとない僕らしさも漂っていて、スムーズに行き過ぎて、成約後、チェックイン時間まで、数時間のタイムラグが生じてしまった。

美ら海水族館に行こうかな？

巨大なジンベイザメがいるのだったか……、あと、ジュゴン……じゃなくて、そうそう、マナティがいるのが美ら海である。マナティ。見たいじゃないか。ＦＢＩに追われていたって、少しはいい思いをしてもいいはずだ。しかし、調べてみると、美ら海は僕が予約できたホテルから、決して近い立地ではないようだ。クルマで二時間近くかかってしまう。

中心街からの直行便である往復バスの時間もうまく合わなくて、本当に行くのならレンタカーを借りる必要がありそうだ。僕は一時期、トラックを運転していたこともあるので（冤罪でクビになった）、免許については問題はないが、しかしこれはちょっと、本格的なツーリストの取る行動である。

どことなく後ろめたい。

シリアスな逃亡劇に見せかけて、目一杯遊ぼうとしている感がある。

できれば行動は、路線バスやゆいレールで行ける範囲にとどめるべきだ——大人しく観光客相手のお店でソーキそばを食べるというのも賢明な選択肢だが、さりとて、なかなか来られる場所じゃないのだし、見るべき場所は見ておきたいという欲張りな気持ちもある。

首里城の正殿は痛ましくも火災に遭ったが、守礼門は健在だと聞くから、己の見識を高めたいならそちらか？　探偵としての資質のなさを思い知ったからと言って、学ぶことを諦めていいわけではあるまい。大人だって賢くなっていいのだ。

いや、待てよ。

首里城に関しては、今回は募金だけしておいて、修復されたあとから見に来ても遅いということはなかろう——だが、僕には今、こういう今日だからこそ見るべき場所があるんじゃないのか？

知っておくべきことがある。

生半可な気持ちで訪れていい場所ではないこともちゃんと承知しているつもりだけれど、決意すると逡巡（しゅんじゅん）なく、僕はホテルに荷物だけ預けて、すぐにその場所へと向けて出立したのだった。

即（すなわ）ち、ひめゆりの塔へと。

2

これでも一応普通教育は受けているので、ひめゆりの塔については日本史の教科書で習ったことがあるのだけれど、しかしそれは逆に言えば、教科書で習った程度の知識しか、僕にはないということだ。お察しの通り初めての沖縄だし（高度に複雑な経緯があって、四国で沖縄県警にお世話になったことはある）、僕の修学旅行は、高校まですべて京都・奈良だったので、ひめゆりの塔が沖縄県のどこに位置しているのかさえ恥ずかしながら定かではなかったけれど、もしも美ら海水族館より遠かったとしても、ここはどうしても行っておくべきだ。

狙撃銃とか、地雷とか、戦車とか——拡張現実やハッキングを利用したサイバー技術も含めてなのだが、僕はここまで、それら兵器や軍事技術、または戦略みたいなものを、あくまでもミステリーの文脈で捉えてきた。

しかし逆に、今日子さん——ミステリー用語を喪失した今日子さんは、そうではない、本来の文脈で読み解くことで、地雷や戦車に対応したわけだ。

本来の文脈。

トリックではなく戦術と、推理ではなく兵法と。犯人ではなく軍人と。

そのことに絶句し、無言になってしまったわけだが、しかしこれに関しては、誤解しているのは僕のほうなんじゃないのか？　スナイパーの冤罪をかけられたことを、ちょっと格好いいかもなんて思ってしまった僕のほうなんじゃないのか？

平和主義と言うより平和ボケだった。

戦争の道具をミステリーの文脈に取り込むことは、一種、不謹慎でさえある——人殺しの小説を書いたり読んだりして面白がるのが不謹慎であるように。狙撃銃をスタイリッシュだと思ったり、地雷をすごいと考えたり、戦車を美しく感じたりするのは、果たして正しいことなのか？　銃器や火薬でたとえると、どうしても思考が遠くなってしまうけれど、たとえば日本刀なら？　美術品、芸術品としての価値を認められているし、博物館の中でガラス越しに眺めれば、思わず僕も見とれてしまうけれど、あれはあれで人殺しの道具である。

殺人のために特化された機能美だ。

そんなことは承知の上で見とれている、もちろん前提の上でだと胸を張って言えるほど、僕は戦争を知っているわけではない——また、戦争を知らない世代だから、と開き直ることも難しい。

だって、生まれてからの四半世紀にしたって、二十一世紀にしたって、令和になってからにしたって、世界のどこかで、常に戦争は起こり続けていることを、僕は決して知らないわけではないのだ——確かに兵役のない日本ではとても認識しづらいが、狙撃銃や地雷や戦車が、日常風景に溶け込んでいる地域は確実にあるのだし、僕が死ぬまでの間には、まだまだなくなりそうにない。

知らないわけじゃない。

忘れているだけなのだ。

否——忘れた振りをしているだけだ。

今日子さんのように頭を撃ち抜かれたいとは思わないが、僕は僕で、自分のミステリー脳ない。
をほぐしておかないと、ことの本質を見誤ったまま、戦争犯罪人と対決することになりかね

大小問わず、現実か仮想かも問わず、あらゆる戦争の道具を引っ張り出してくるホワイト・ホースを、ミステリー小説に登場する怪人二十面相やモリアーティ教授のごときヴィランのように、僕は捉えてしまってはいないか？　そのアプローチでは、正体に迫るどころか、むしろ戦争犯罪人の本体から遠ざかってしまいかねない――あるいは、そうやってエンターテインメントの世界に逃げ込むことで、リアルな対決を避けようとしてしまっているのかもしれない。

だがそれじゃあ駄目だ。

どういう結論に至るにせよ、ちゃんと戦争と向き合わないと。

ならば世界的に見ても戦争の爪痕の最たる場所のひとつであるひめゆりの塔へと向かうことは、至って自然だった――いわば大人の修学旅行だ。スマホがないので、行きかたはホテルのフロント係の人に訊くことにした――聞いてみると、どうやら美ら海ほど遠くはないようだが、やや複雑な行程になるようだった。ゆいレールに乗って、バスに乗って、更にそのバスを乗り換えた先だそうだ……、美ら海のような直行バスは出ていない。

致しかたなかろう。

ひめゆりの塔は観光地とは違うのだ。

タクシーを使えばそれはそれは楽なのだろうが、逃亡生活初日でささやかな予算を使い切ってしまうわけにもいかない……、慣れない旅先でバスの乗り継ぎというのは、日本国内であってもハードルが高いが、そのくらいの大変さに恐れをなしている場合ではない。

かつて僕は、バスの『次降ります』ボタンを、自分で押したことがないほどに主体性のない他人任せの人間だったし、今だって積極的にボタンを押す者ではないのだけれど、今日ばかりはそういう姿勢では臨めない——結局、バスを一回乗り継ぐだけのことに、二回の乗り間違いがあったし（なぜかリゾートホテル行きの送迎バスに乗ってしまった）、どころかあんなにわかりやすいゆいレールにさえ乗り間違ってしまったが（進行方向が逆の車両に乗った）、日が暮れるまで目的地に到着できないということはなかった。

入口付近で花を購入し、慰霊碑に献ずる。

バス停での待ち時間を過ごしている間は、ひめゆり平和祈念資料館の順路を辿って、ちゃんと当時の沖縄戦を知ってから献花したほうが適切なんじゃないかと思っていたのだけれど、しかし実際にひめゆりの塔を目にすると、そこを素通りするという気持ちにはなれなかった。

悲劇をまったく知らないわけじゃないのだ。知らないわけでは……。

そうは言い条、受験知識としてしか知らないというはっきりとした自覚のある身としては、ひめゆりの塔に限らず、こういう場に来ると気後れしてしまう。興味本位で来たつもりはないし、むしろ切実なつもりでさえあるのだが、いざここまで来てみると、僕みたいな人間にはまだ早いんじゃないかという気もしてくる。

馬鹿者。

今早かったら、いつちょうどいいんだよ。

投票どころか立候補だってできる年齢だぞ。

もちろん資料館にだって、入館料を払えば、普通に入れてもらえた——本物の修学旅行や現地の遠足と遭遇することを恐れていたが、季節柄、どうやらそういう時期ではなかったようで、示されている順路通りに館内を進む。ホテルのチェックイン時間はまだ先だし、到着時に道路を渡って調べておいた帰りのバスの時間にも余裕がある。急ぐ用事があるわけでもないので、他の来館者の迷惑にならない範囲で、ゆっくりと資料を閲覧させていただく。

当たり前だが、やはり教科書に載っていることが世の中で起きているすべてではないのだと体感させられた——もちろん、ひめゆりの塔まで来なくとも、自宅でインターネットで検索するだけでも、十分知見を得ることはできたのだろうが、しつこいようだが、僕のスマホは修理中でさえない。データの復元もおぼつかない。

だからこそゆっくり時間をかけて、不勉強な認識を改めることができるのだとすれば、僕もスマホを、一時的にとは言え、手放した甲斐があったと言えるのかもしれない。せわしない現代社会から切り離されたことで、ようやく大人の修学旅行に来る決意がついたとも言えるわけだし……、いや、スマホでルート検索に成功していたら、あと一時間は早く来られたのか。

ただ、いずれにせよ、導かれるように訪れたひめゆりの塔で、本物の修学旅行や現地の遠足と遭遇しなかった代わりに――ではないのだろうけれど、思ってもいなかった人物と、僕は沖縄県という亡命先で遭遇することになった。第六展示室、平和への広場での出会いである。

「あれ？　その身長、隠館くんじゃない？」

一応、これでも逃亡中の身なので、帽子を目深にかぶり、不織布マスクをつけるくらいの変装はしていたのだが、身長でバレてしまった――これが本当の身バレである。対する相手は、変装めいたことは一切していなかった――かりゆしウェアを着て、現地に馴染もうとしている辺りが変装と言えば変装だが、帽子でヘアスタイルを隠しても、マスクで顔を隠しても、バーチ捜査官のように、サングラスをかけてもいない。

しかし、『彼女』の場合、そうした素顔でいること自体が変装であるとも言えるのだった――なぜなら『彼女』の職業は漫画家であり、里井有次（さといありつぐ）という男性名で活動しているのだから。

覆面をしていなくとも、覆面作家なのだ。

「里井先生――」

意外な再会だ。

意外過ぎて、僕の居場所を知る唯一の男・紺藤さんの計らいじゃないかと疑ったくらいである――出版社の管理職である紺藤さんは里井先生の担当編集者だった頃があったのだ。その縁で、僕が仲介する形で、里井先生の職場で生じた盗難事件を、忘却探偵が解決したことがあった――この冤罪王が冤罪被害者の依頼人として事件に関与しなかった、極めて珍しいケースである。

そうでなければ、里井先生もこんな風に、気さくに声をかけてきてはくれないだろうが――一度犯人と疑われた人間に対する世間の冷たさは、つい最近、今日子さんが味わわせてくれたばかりである。

しかし、驚いたと言うか、正直なところ、ちょっと引いた……、こんな風に前触れもなく初期メンに登場されてしまうと、まるで何かの最終回みたいじゃないか。頼むから紺藤さんの計らいであってくれ！

「ご、ご無沙汰しております。その後のご活躍はかねがね――」

まるで元探偵みたいな挨拶をしてしまったが、その後の活躍を存じ上げているというのは、決して社交辞令ではない。あの盗難事件のあと、ウェブ媒体で新しく開始された新連載『アレグロ・エチケット』は、電車内で見かけた広告によると、早くも累計一千万部を突破したとのことだ。何のメディアミックスもされていないのにこの数字は、すごいを通り越して、やや異常である。しかし、そんな人気漫画を連載中の作家が沖縄旅行とは……、まさか彼女も戦争犯罪人かＦＢＩ捜査官に命を狙われているのだろうか？

「それとも、来週は作者取材のために休載ですか？」

「ううん、あの連載はもう畳むんだ。最終回まで描き終わってる。あれは売れたからもういいの」

「…………」

漫画家は全員天才だと、紺藤さんから聞いたことがあったけれど、中でもこの先生は、ずば抜けているようだ。咄嗟に適切な相槌が思い浮かばない。真相に到達したら事件に興味を失う名探偵のごとしだ。

「でも、取材っていうのはあってるよ。取材旅行中。次回作の構想を練ってるの。さすが名探偵の助手さんだね」

僕の職業に対する壮大な誤解がある。

まあしかし、僕を冤罪王だと知らない数少ない人間に、わざわざ誇らしげにその肩書きを開示しようとは思わなかった。

取材旅行となると、この偶然の出会いが紺藤さんの計らいである線はあっけなく消えた……、そうでなくとも、立場のある紺藤さんが、出版社の抱える宝である売れっ子漫画家を、僕の旅のガイド役に派遣したりはすまい。かつての上司に、そこまでの友情を期待するのは図々(ずうずう)しい。

締切(しめきり)から逃げている最中でなかっただけ、よかったとしよう。

ならばこの偶然を、ただの偶然で済ますか、それとも意味のある偶然にするかは、僕次第ということだ……。僕自身、不勉強なりに己の器量で理解しようとこの資料館の写真を見、文章を読んできたわけだけれど、天才の目を通して見たとき、同じ資料はどう見えるのだろう？

また、別の観点からも気がかりがあった。

一千万部を突破する売れっ子漫画家は、いわゆるミステリー作家ではないけれど、しかしエンターテインメントの分野でその名を馳(は)せているわけだ……、戦争の爪痕を取材に来るというのは、テーマがかなり重いように思える。

戦争の道具をミステリー用語と対等に扱うことを不謹慎であるように感じ、己の認識をアジャストするために僕はここにやってきたのだが、里井先生は次回作では社会派に転ずるおつもりなのだろうか？

「やっぱり成功者として、今後はこういった戦争の爪痕を次世代に伝えていく重責を担うことになさったんですか？」

「ううん。次回作は近未来を舞台にしたゆるふわ学園コメディだよ。でも、そういうのを描くにあたって、私が過去の悲劇を知って描くか知らずに描くかで、内容ががらりと変わってくるから」

思っていたより天才だった。

前に会ったときは、なにせ事件の渦中だったから、あまりこの人の作風みたいなところには深入りできなかったけれど……、平穏な日常でこそ見え隠れする強烈な個性というのもあるわけだ。

平穏な日常……。

しかし里井先生は、それはそれで感心していた僕に対し、「でも、知らずに描くほうがよかったのかも」と、いきなり落差のあることを言った。

「何も知らない馬鹿が描くほうが、メッセージとしては正しかったのかも。嫌なことなんて何ひとつ起こらない、友達と喧嘩さえしない平和な学園生活を描きたかったんだけど、そんなの、欺瞞（ぎまん）でしかない気がしてきた」

フィクションどころかただの嘘じゃん。

と、里井先生は沈んだ口調で言った……、その極端なアップダウンも天才性の一端なのかもしれないが、たまたま再会しただけの僕に、まんまの感情を隠そうともせずにぶつけてくる。

僕なんかとの再会を喜んでくれていた笑顔が急に消えた。

なんだろう、格好いい新撰組（しんせんぐみ）を主題にした漫画を描こうと取材を進めたら、彼らの非道なおこないや、その時代の治安の悪さについても知ってしまい、とても初心のようには描けなくなった、みたいな話だろうか？　あるいはこの場合、不良漫画が不良への憧れを喚起させてしまうジレンマとか、明るいラブコメを描いている最中に性犯罪の実態を把握して筆が止まってしまう例を挙げたほうが正確なのか――ミステリー業界で言うなら、幼い初孫を惨殺された推理作家が、その後も推理小説を書き続けられるかという思考実験だ。

「私ね、最初のヒット作で、戦争を描いたんだけど」

最初のヒット作というパワーワードも、ここでは弱々しく響く。

「戦争と言っても、異世界ファンタジーで、精霊やモンスターが、人間と戦うってお話だったのね。若書きで、十代の頃の作風だから、キャラクターは命知らずに、勇ましく争い合うわけ。そんでまたこれが受けるわけ。千年にわたって戦っていた敵国を滅ぼしたときとか、アンケートぶっちぎりで一位になったりするけど、でもよく考えたら、一国を滅ぼしてるんだよね。よく考えたらって言ったけど、主人公達の活躍の陰で、どれだけの命が亡くなっているのか、当時の私は考えもしなかった」

「それは……、でも、現実と空想の区別を、読むほうはつけているんじゃないですか？　漫画ってそういうものでしょう？」

「そうかしら。漫画ってそういうものなのかしら。描いている私のほうは、そこは空想だと思って描いてなかった。描いてるときは、漫画のほうが現実だったもの」

クリエイターでもエンターテイナーでもない僕は、どうしたって里井先生と同じ土俵で語れそうにはなかったが、そう言えば、別の事件で、別の漫画家の先生と、こういう話をしたことがあったっけな……、漫画の影響で読者が罪を犯したり、自殺したりしたとき、作者に責任は及ぶのかどうか、というような。

そんな経緯を連想した僕に、しかし里井先生は、

「だとすると、私がいい加減に描いた漫画で、戦争が起きてしまうかもしれないじゃない。格好いいと思って、大虐殺を描いちゃった。盛り上がると思って、侵略戦争を描いちゃった。いい加減に描いたつもりはなくても、考証がいい加減だったことに違いはないんだから」

と、スケールの違うことを言ってきた——一概に笑い飛ばせない。

一作品で累計一千万部というのは、はっきり言って、読者への発信力と、世間への影響力を持ってしまっている——そんな人間が戦争を肯定的に語れば、よかれ悪しかれ、そのメッセージが届いてしまうかもしれない。

しかも面白おかしく伝わってしまう。

そういう目で見れば、表現の自由には責任が伴う。責任から自由なわけじゃない。

ミステリーと兵器との相性について答が出せないでいる僕の悩みと種類は違うが、それでもカテゴリーは一緒だ。期せずして冤罪王と天才との共通点を見つけてしまったが、それを嬉しがってはいられない——覚悟を決めて、もう少し掘り下げてみよう。

「そういう経験があったからこそ、里井先生は、次回作を描くにあたってここに取材に来たんですよね？　でも、知らずに描いたほうがいいってことはないんじゃ……、どんな知識も、知ってて悪いことなんてないでしょう？」

「歳を重ねて経験を重ねると、若い頃のようには描けなくなったのを感じるよ。若くて無学で分別のない馬鹿だった頃は、何も気にせずにのびのび描けていた。考証なんてしようとも思わなかった。雑であることが美徳だった。自分のその脳天気ぶりが嫌になって、次はしっかり取材しようって思ったんだけど、もっと嫌になっちゃった。知れば知るほど、漫画なんて描いている場合じゃないという気分になってくる」

息を呑んだ。

決めた覚悟とは別の事態が招かれつつある。

ああ、そんな風に思ってしまうのであれば、確かに、次世代に伝えるなんて、この人にはまだ無理だ。資料館に這入る前、僕にはまだ早いんじゃないかなんて思ってしまったけれど、この人にこそまだ早かったんじゃないか。

子供達に戦争の悲惨さを語り継ぐためだからと言って、何のフィルターも通さずにありのままの戦争被害を直に伝えたら、ただのトラウマになって、逆効果を生みかねないのと同じだ。

天才の意見を聞きたかっただけなのに、ヒットメーカーが筆を折るかどうかみたいな話になってしまっている——こんなの、僕の胸の内にとどめられない。

大恩ある紺藤さんにどう申し開きをすればいいのか。

変に踏み込んだ会話をして、僕がそちらに誘導してしまったみたいなところもあるし——僕にたまたま会ったせいで、もやもやと天才の胸に湧いていたそんな思いを口に出させてしまった。吐露すべきではない本音を。

「ちょ、ちょっと落ち着いてくださいよ、里井先生。『漫画なんて』なんて、他ならぬあなたがそんなことを言っちゃあいけません。それに、あなたの仕事でいったい、どれだけの人数が生活していると思っているんですか」

「でも、売れるくらいは誰にでもできるし。私が売れなきゃ他の誰かが売れるだけだよ」

異論はあるが、ここは聞き流そう。僕は同業者じゃない。

同業者じゃないどころか、無職が言っても説得力がなかろうけれども、自身が里井先生の仕事で生活しているひとりであるかのように、僕は続ける。

「さっきご自身で仰っていたじゃないですか。一冊の漫画が戦争を引き起こすかもしれないって――だったら同じように一冊の漫画が、戦争を止めることだってあるかもしれないじゃないですか」

「それはないでしょ」

変なところでリアリスティックだな。

もっと思い上がってくださいよ。

そりゃあ、僕もあると思って言ったわけじゃあないが……、レトリックで説得できる相手ではない。それに、里井先生の場合、正面切って反戦を謳うような作品を描くのも、本意ではないのだろう。

「うん。あんまり知られてないけど、実は一回そういう説教っぽいのを描いて、打ち切りになったことがある」

天才でも打ち切りになるんだ……、そりゃ、あんまり知られていないわけだ。

なるほど、としか言えない。

名探偵を好む性格上、僕は社会派ミステリーを傍流のように言うことが多いけれど、なんであれ、社会問題をエンターテインメントの題材に落とし込むのは、トリックや怪人を考えるのとは、まるで違う筋肉が必要である。

「よく知りもしない分際なのに、雰囲気で知ったような説教をしたから打ち切りになったんだとも言えるけども。でも、知ってたらもっと早く打ち切りになっていたかも。説教くさいを通り越して、言い訳がましくなっちゃうよね。『実際の事件・団体には関係ありません』『専門家の指導のもとおこなっています』『個人の感想です』。そんなエクスキューズをつけたいがための、アリバイ工作みたいな知識だよ。それに、エンターテインメントに社会問題を織り交ぜるって、子供を騙して勉強させてるみたいな気がしない？」

「ああ……、緑黄色野菜をハンバーグに刻んで混ぜるようなものですか。でも、それで勉強になるなら」

「戦時中の教育と一緒だよね。『立派な兵隊さんになろう』って、子供を教導しようとしている。いや、現代の教育もまた、根本は同じなのかも——私がどんな次回作を描こうと、戦争が起これば子供達が動員されるわけだし。要するに戦争って、よくわかっていない子供達を騙して戦場に送り込むことだよね」

天才の目を通すとそうなるのか。

その点においては、必ずしも早いということはなかったようだ。むしろ僕よりよっぽど、直截的に理解している。

「大自然の産物であるガマを防空壕とか野戦病院とかに改造したり、その挙句に発されるのが解散命令って。でも、うだうだ過去を責めるようなことを言ったけれど、私がやろうとしていることもきっと同じだよ。優しい世界観の学園ものでスポイルすることはできても、いつかはそれを読んだ一千万人は、私がただのほら吹きだって知ることになる。嘘で億を稼いでいたことを知る」

嘘で億を稼いでいたって。

いちいちスケールが大きいな、売れっ子は。

「だったらもう、漫画自体、もういいかなって。後ろめたい思いをしながら次回作を描かなくても、アーリーリタイアをしてつましく暮らせば、一生食べていける可処分所得はあるんだから。詐欺で稼いだ固定資産が」

どうして漫画家の先生はみんながみんな、僕の前で引退を決意するんだ……、思い出せ、今日子さんはどうやって、阜本先生の引退宣言を撤回させたのだっけ？　そうだ、『あなたの漫画はそんなに面白くないから読者に与える影響などない』と挑発（？）したのだった……、言えるかい。里井先生は誰がどう読んでも影響力の塊だ。著作の全累計で言えば、一千万部じゃ済まないのである。

ご自身でもそれを自覚なさっているからこそ、こうして迷いが生まれてしまっているのだろうが……、ひとつの職にとどまったことのない僕が、何かを言える問題でもないことはわかっている。きちんと結果を出している人間に、人生の目的さえない人間が、いったい何を言えばいいんだろう？

仕事をやめたいとか、職務に意味を見いだせないとか、誰もが一度はそういうことを言うのだから、そんな言葉をいちいち真に受けるべきではないという意見もあるが、しかしそれは、漫画の中の戦争なんて作りごとなんだから本気にしなくていいと突っぱねるのと大差ない。

直視したくない人の業みたいなものを受け止めきれずにいる里井先生の気持ちを、ないがしろにすべきではないと思う——否、受け止めきれずにいるのは僕であって、里井先生は正面から受け止めた。そんなシーンにのこのこ、無神経にも僕が横入りしてしまっただけのことである。この凡才が、天才に共感するのもおかしな話なのだ——だけどどうだ。

ひめゆり平和祈念資料館に来て悲しみに胸を打たれたから、漫画家をやめることにしたというのは、やっぱり何か違うよな。ここは学びを止める場所じゃない。戦争が悲惨で、世界が不穏だからと言って、面白いことや楽しいことが全部禁止というのは、あまりにあまりなディストピアじゃないか？

戦争はある。戦争じゃなくとも、圧政はある。

その通りだ。

忘れちゃいけないことである。

しかし、かつての戦争の悲惨さを今の子供達に伝えるというのは、まさか子供達にも未来永劫（えいごう）悲惨な思いをさせるためではなかろう。漫画や推理小説が当たり前に読める時代が、どれほど貴重でありがたいかを知るためだ――その当たり前を自ら放棄するなんて、あってはならない。たとえ累計一千万部作家にも、そんな権利はない。戦争が原因で執筆活動が自粛させられるなんて、まさにそんなの、戦時中じゃないか。江戸川乱歩（えどがわらんぽ）の小説が再び黒塗りにされるなんて事態は、考えたくもない。シャーロック・ホームズが読めない時代を肯定することになる。

エンターテインメントが戦争より弱い、なんてことはない。

ないんだ。

娯楽が人間を駄目にする？　ふざけるな。どう考えたって、戦争のほうが駄目にするだろう——だったら狙撃銃なんて、地雷なんて、戦車なんて、ミステリーの道具立てにしてしまうのが正解だ。

兵器など遊び倒せ。

だからもしも筆を折りたいなら——この時代から降りたいなら、才能が尽きたとか、億を稼いでモチベーションがなくなったとか、プレッシャーに負けて潰れたとか、別の理由にしてもらおう。

僕に会ったせいにされても困るし——そんな冤罪は勘弁だ。

「わかりました。どうやら一時の感情で仰っているわけではないようですし、紺藤さんには僕のほうから伝えておきましょう。ご自身では言いづらいでしょうからね」

「え」

「里井先生のその感受性の高さには素直に感じ入ります。ただし、これは僕からの個人的なお願いですけれど、どうか同じ感受性を持って、美ら海水族館に向かってもらえないでしょうか？　できればこのあとすぐに」

「紺藤さんに？　じゃ、なくて——美ら海水族館に？　なんで？」

「同じ感受性で沖縄の、母なる海の生命力をご覧になれば、また創作意欲が湧いてくるんじゃないかと思ったものでして――かりゆしルックもお似合いですけれど、とりあえず近くの売店で、海人（うみんちゅ）Tシャツに着替えませんか？　この糸満（いとまん）は、漁業の町でもあるんですよ」

3

その日の夜、沖縄県内のリーズナブルなホテルでこっそり宿泊するはずだった僕という逃亡者はなぜか、その予約をキャンセルし、本州島内の、それも焼け野原の焦土と化した掟上ビルディング跡地に立っていた。

なぜか。

それを今から説明する。

もちろん沖縄の海も、観光客が漠然とイメージするほどにはただただ澄み切ったブルーオーシャンなわけではなく、里井先生がマイクロプラスチック問題に共感する展開もありえたわけで、僕の意見は波打ち際よりも浅いのだが、しかしはるばる沖縄まで来て、暗い側面だけ知って帰るというのも違うだろう。人間は汚い、人間は諸悪の根源だ、地球の癌だと断じて終わりでは、あまりに幼い哲学だ。楽しむ気分になれないというのも、あるべき姿とは思えない。光と影、どちらも見知って同じ結論になるのであれば、自立した大人の決断を前に僕の出る幕はない――いや、自立した大人にしては里井先生はまだ自己が確立されているとは言いがたいが、元より彼女の人生に僕の出る幕などないし、しかし会話の流れとは恐ろしいもので、僕はその後、一千万部クラスの売れっ子作家と美ら海水族館でデートすることになった。のみならず、日が暮れるまでスキューバや、あまつさえフライボードまで楽しむはしゃぎっぷりだった。もちろんソーキそばも食べた。里井先生は泡盛（あわもり）もたんまり聞し召（きこ）していた。知らなかったけれど、沖縄では意外と魚料理を食べないらしい。

我ながら紺藤さんからいくらか包んでもらっていい接待っぷりだが、しかし、タクシー代も含めた予算の出所が里井先生の懐（ふところ）であると、文句も言えない——いや、文句どころか、重ねて感謝してもいいくらいだ。

それは美ら海でマナティが見られたから、というだけではない。出版界の損失を前に、途中からそんな算段のほうはすっかり失念してしまっていたけれど、里井先生との会話の中に、僕はヒントを見つけてしまったのだ。

もう一度だけ、忘却探偵風に言うならば。

今なんと仰いました——？　である。

『大自然の産物であるガマを防空壕とか野戦病院とかに改造したり——』

防空壕。

ひめゆり平和祈念資料館にも、そのジオラマがあった。

永世中立国であるスイスでは、かつて、一家にひとつ、核シェルターが配備されていたそうだが――ディナーののち、里井先生と別れたあと、僕はその言葉に、今更のように引っかかった。

なるほど、掟上ビルディングは確かに砲撃を受け、柱の一本も残さずに崩落した――出現場所と逃走先は拡張現実で巧みに偽装されたのかもしれないが、砲撃自体は実際にあった、言わばリアル現実だ。

その残骸は僕もこの目で確認している。

だけど、平和ボケした僕にとっては非日常の象徴である戦車による砲撃を、過大評価してしまっていなかったか？　過大評価、と言うより、イメージの肥大化があった。それはそれで先入観だ。

いくら堅牢無比な掟上ビルディングでも、戦車で攻撃されてはひとたまりもない――どれほど高度なセキュリティに守られていても、そんな大規模かつ物理的な侵略行為を想定していない。

僕はそう考えたが、ちょっと待て、本当にそうか？

普通の探偵事務所なら、そりゃそうだろう。探偵事務所だろうと名探偵事務所だろうと、そりゃそうだ――ただし掟上今日子は探偵である以上に、名探偵である以前に、忘却探偵である。個々の仮説の精度を下げるのと引き換えに、無数の仮説を検証する網羅推理の使い手だ――『探偵事務所が戦車の攻撃を受ける』という非現実的な可能性を、一切考慮しないだろうか？

隕石（いんせき）が落ちてくることさえ考慮していそうだ。

だから、具体的に戦車ではなくっとも、たとえば地震や台風といった天災で、ビルディングが壊滅的なダメージを負うことを、まったく危惧しないということはありえない。

確かにビルディングそのものは跡形も残っていない。影も形も消し炭だ――ＦＢＩ捜査官が記したと自称するベッドルームの天井の文字もなくなった。一日ごとにすべての関係性がリセットされる掟上今日子に関して、唯一、不動の物体だった不動産は、証拠のように隠滅された。

だが、それはあくまで、上物の話である。

三階建てのビルディング。

更地になったその土地の下に、どのような奇想天外な天変地異でも、そして戦争が起こってもびくともしないような、頑丈な地下室があると推理するのは、あながち的外れではないはずだ。

僕は常連の依頼人として、幾度も掟上ビルディングを訪問しているし、なんなら五日にわたって泊まり込んだことさえあるが、そんな地下室の存在は知らない——けれど、知らないからと言って、ないと結論づけられるものではない。

だって、忘却探偵だ。

守秘義務絶対厳守の名探偵である。

一介の依頼人でしかない僕に、存在すら明かさない秘密の部屋を持っていないほうがむしろ不自然だ——寝室には這入らないでくださいと念を押されていたけれど、あれはむしろ、ミスリードだったのでは？

実際、スイスに限らず、海外じゃあ決して珍しくないそうだ。戦争や災害を想定した、金庫のような地下シェルターは——国内でだって販売されている。数年は生活できるような食料や飲料水、薬、着替え、あとは発電機やらシャワーやら、無線機やらのインフラを完備した小部屋——お国柄によっては、それこそ銃器まで揃えられた本物の要塞だ。戦車どころか、ゾンビの襲撃を受けても生き残れる——そしてもしも、掟上ビルディングにそんな地下シェルターがあったのだとすれば、今日子さんはそこに何を隠す？

隠滅されまいとした、どんな証拠を隠匿する。

わからない。僕などには想像もつかない。

だが、なんであれ、それがなんらかの備忘録であることは間違いないだろう——あるいはもう用をなさなくなった、左腕の備忘録よりも重要度の高い備忘録。

究極のバックアップ。

今日子さんが忘れてしまったミステリー用語の数々を、壊れたスマホのデータのように復元し、再インストールすることが可能なほどの——だとすれば、僕は沖縄の海で、フライボードに興じている場合ではない。そうでなくとも僕の人生に、フライボードに興じていていい時間などないのだが、残念ながら僕は逃亡生活を切り上げねばならなかった。

亡命どころか、日帰り旅行になってしまった——そして最終便のフライトに滑り込み、なんとか時間的にはその日のうちに、置手紙探偵事務所跡に到着したというのが、ここまでの経緯である。

真夜中ゆえ、海人Tシャツだと肌寒い。なんて寒暖差だ。

ただ、今は上着を着る手間さえもどかしい。一面焼け野原の焦土と言っても、実際には焼け落ちた建材や家具、バラバラになった鉄筋コンクリートの残骸が散らばっているので、冷静になってみると、あるかどうかも定かではない地下室の入口を探すのは、結構な大仕事になりそうだ。

ここでこそユンボが欲しいが、人の手は借りられない。

もしもこの秘密が（あったとして）ホワイト・ホースの知るところとなれば、戦争犯罪人は間違いなくその防空壕を、中身のバックアップごと破壊しに来るだろう——誰の力も借りず、僕ひとりで、捜索をおこなわねばならない。

唯一の頼れる男だった紺藤さんには、里井先生とはしゃいだデートをしてしまった手前、気まずくてもう頼れない。なんてことだ、どんどん僕が孤独になっていく。この調子では、僕もいなくなってしまうんじゃないだろうか。

とは言え、一応、捜索の基準はある。

置手紙探偵事務所の崩壊はれっきとした破壊行為であり、もちろん刑事事件なので、消防隊のみならず、警察の現場検証も入っているはずだ——それで見つかっていないことが前提である。

プロの検証を潜り抜けている扉を見つけるというのは結構な無理難題のようでいて、しかしこの場合、プロはそんな扉があると思って隈無く探していたわけではない……、隠し部屋を求めるロマンチストな捜査員もそりゃあいたかもしれないけれど、それよりは、どう考えても、いなくなった戦車を探すほうが先決だろう。

また、所有者である今日子さんが入院中である以上、建材であれ廃材であれ、下手に動かしたり、処分したりもできないというのも同じくらい前提だ——まだ発見されていないのであれば、扉は瓦礫（がれき）に埋もれているんじゃないか？

そして、プロではないど素人の僕に何らかのアドバンテージがあるとすれば、僕が置手紙探偵事務所の常連客であるという点だ。

先述の通り、この常連客は、地下シェルターを紹介してもらったことはない。だが、天井の文字があった寝室を含めて、他のすべての部屋を知っている——キッチンもバスルームもお手洗いも、物置も応接室も、ウォークインクローゼットも。

ありし日のあのビルディングが、まさか建築基準法を遵守（じゅんしゅ）しているとは思わないが（それは多くの推理小説の舞台となる『館』と同じだ）、それでも、建物を建てる上では、最低限守らなければならないレイアウトというものがある。

そうでなければ強度が保てないのだ。

地震が来なくとも、普通に生活しているだけで建物が傾いでしまって、最悪の場合、戦車に撃たれるまでもなく崩落する——セキュリティを絶対重視する忘却探偵が、そんな手抜きの違法建築を許すわけがない。

仮に違法建築ではあっても、欠陥住宅ではないのだ。

そしてここで僕の職歴が生きてくる。

元々、そんな高層階であくせく働いていたせいで冤罪をかけられたのがことの始まりではあるのだが、僕は建築現場で労働に従事していたのである——むろん建築士として設計図を引いていたわけではないけれど、最低限の知識が身につく程度の期間はあった、クビになるまでは。

重量のあるビルの真下にシェルターを設置するならどの位置を中心にして、その入口となるハッチはどこに決める？　地盤や柱や配管の妨げにならないように――もちろん、平時は見つかりにくいように隠しておける気遣いも必要だ。

見つかりにくいように、どころじゃないいな。

上物が綺麗さっぱり吹き飛んでいる事実が、そうなると地下入口の捜索を容易にしてくれるのかどうか――僕なりの拡張現実で、掟上ビルディングを再建するのだ。スマートフォンがなくても、コードを読み取らなくとも、思い出の事務所の全体図をイメージすることくらいはできると証明しよう。

技術の平和利用だ。

当然ながら同じ失敗を繰り返す僕ではないので、捜索に当たって、足下には気をつける。僕がこうやって、現場検証に現れることを予測して、ホワイト・ホースがこの焼け跡にまたぞろ地雷を仕掛けているという可能性は、はっきり言って、地下シェルターが存在する可能性よりも高い。ＦＢＩのエージェント風に数えるならば、この捜索は僕にとって、五度目の命の危機だ。

防空壕があるか、僕が爆死するかの二択——いや、現実的なもう一択として、事件現場を荒らしていた僕が火事場泥棒として、駆けつけた地元警察にあえなく逮捕されるというケースもある。

いずれにせよ平穏な未来はない。

望ましいのはそりゃあ隠し扉だが、しかしその世紀の大発見は、もしかすると地雷や、地元警察よりも怖いかもしれない——今日子さんの、文字通りもっとも深いところに隠された秘密に、無許可で迫ろうとしているのだから。

4

隠し扉はあっけなく見つかった。本当にそれが隠し扉だったのかどうか怪しくなるくらいあっけなかった。大して埋もれてもいなかったし、地雷も仕掛けられていなかった——地下シェルターと言うより、ただの地下室じゃないのか、これは?

確かにいかにもぶ厚みを感じる頑丈そうな鉄扉で、そう簡単には持ち上がりそうもない重量だが、どうやら鍵もかかっていないようだし——いや、シェルターだとしても、鍵はかけないか。いざというとき、すぐさま飛び込めるように平時はロックを外しておかなければ、シェルターの意味がない。鍵をかけるとするなら内側からだ。

その辺の鉄筋を使って、梃子の原理を利用し、どうにか扉を持ち上げる——あにはからんやと言えばいいのか、地下深くへと続く梯子が延びていた。

底が見えない。

普通なら、こんな得体の知れない空間に、ろくな準備もなくのこのこ降りていくのはただの馬鹿だ。しかし今のシチュエーションは普通ではないし、また、僕は名探偵でもなんでもないただの馬鹿なので、ろくな準備もなく、のこのこ梯子を降りていく。

当然、降りるにあたって、扉はきちんと引き閉めておく。マナーの問題ではなく、開けっぱなしにして、秘密の地下シェルターの存在をご近所さんへ向けて目立たせてしまっては元も子もない——旗を立てているようなものだ。ただ、核シェルターはさすがの密閉度で、施錠もしていないのに、扉をずしりと閉じた途端に、真っ暗になってしまった。

何かを挟んで一条くらいは光が差し込むようにしておくべきだったか……、まあ、どの道真夜中じゃ、気休め程度の明かりである。こうなると、ＡＲとか関係なく、スマホを失った痛みがふつふつと蘇ってくる……、再三再四だ。懐中電灯機能を使うまでもなく、画面が光るだけでも、洞窟での宝探しには松明のように有効だっただろう。

ああ、もしも僕が喫煙者だったら、ライターかマッチを持っているのに……、と、最初の事件を今や懐かしく思い出しつつ、手探りで梯子を降り続ける。腰縄に繋がれたままなら、きっと命綱になっただろう。

里井先生からうかがった取材の成果によると、沖縄では、横穴の洞窟のことをガマ、縦穴の洞窟のことをアブと言うそうだ……、もっとも、四方を金属で固められたこの竪穴(たてあな)は、明らかに人工の産物である。地下空洞を利用しての施設ではない。体感的には、核シェルターだけに、地球の核にまで辿り着くんじゃないかと思うくらいに時間がかかったが、もちろんそんなはずもなく、僕の足は地の底へと着地した。

地の底はさすがに言い過ぎだが、しかし、もしも目測を誤って、勢い余って地上から飛び降りていたら、余裕で死んでいた高さである。高さであり、深さである。スマートフォンでも確実に壊れる高層階ならぬ地層階で、僕に相応しい死にざまであるとも言えるが……、そんなお似合いは避けられたわけだ。

ただ、足がついても、浮き足立つ感じは、空中にいるときよりも数段強い……、一寸先も見えない暗闇(くらやみ)だからと言うだけではなく、いったい自分がどういう空間にいるのか、まるで見当もつかないからだ。

落ち着け。

どんな空間であれ、生活空間のはずだ。

ここが有事の際に、長期間、可能な限り快適に過ごすことのできる避難所であるなら、もちろん電気が通っていなければならず、ならば建築上、シーリングランプか何かのスイッチが、梯子を降りてきてすぐの壁際にあるはずなのだ。

僕は隠し扉を探すよりもよっぽど苦労して、暗闇の中、全神経を駆使しながら、指先でそれっぽいスイッチを探し出した……、シーリングランプのスイッチなのか、それとも自爆スイッチなのかをさして入念に見極めることなく、ぽちりとオンにした。

幸い、前者だった。

天井に埋め込まれていたＬＥＤランプが、そこまでの強烈なルーメンだったとは思わないが、しかし急に明るくなったことで、僕の目はスタングレネードを浴びたかのように眩む……、眩みながらも、この空間が、想像していたよりも広い部屋であることくらいは把握できた。

その部屋の中央に。

ボロボロの衣服をまとった死体が、うつ伏せに転がっていることも――死体!?

「う――うわっ！」

広いとは言え完全なる密閉空間なので、僕の声も反響するだけ反響する――探偵事務所の真下に、あろうことか死体が隠されていただと？

急に密室殺人事件!?

そんな――今日子さんが、死体を隠していたというのか？　バックアップの備忘録でも、過去の日記でも、手記でも、はたまたこれまでの事件捜査ファイルでもなく――これが今日子さんの秘密？

地中に死体を埋めていた？

僕が常連客として、足繁(あししげ)く通っていたこの探偵事務所の底の底に、こんな名状しがたい内緒が隠されていたなんて――あろうことか、僕は死体の上で、冤罪を晴らしてもらっていたのか？

いったいいつからここに――僕が最初にこの事務所を訪れたときには、もう放置されていたのか、この屍(しかばね)は？　それともよもや、死体を隠すために、あの堅牢なビルディングを建築したのか？　徐々に目が慣れてくるが、動悸(どうき)は一向に収まらない……、今すぐこの空間から逃げ出してしまいたい衝動に駆られる。何もかも投げ出して、それこそ海外まで、もう帰ってこられなくてもいいから、逃げ出してしまいたい衝動に。

逃げ出さなかった理由は大きくふたつ。

ひとつは、実際に踵を返したものの、地上まで梯子を登るという、あまり普段のルーチンにはないリアクションを、慌てて取ろうとした結果、横棒を握る手が滑ったからだ――二メートル近い大柄な肉体は、自分で思っている以上に小回りが利かない。

そしてもうひとつは。

「えっ……？」

ボロを着た死体が、わずかに動いた気がしたからだ。

僕が尻餅をついた振動で、まだ不確かな視力がそう捉えただけの錯覚かもしれない……、が、いくら僕の体重がヘビー級でも、核シェルターを揺り動かせるほどのウエイトはないはずだ。

動いた？

ひょっとして――まだ生きている？

ありえない。

そんなことがあるはずがないのに、僕は這い寄るように、瀕死かもしれない死体へと駆け寄る――人目から隠されて、地下の座敷牢に長きにわたって生かさず殺さず監禁され続けた謎の人物だなんて、まるで古典ミステリーの鉄板だが、しかし駆け寄って、やはり、それはありえないことだったとわかる。

そちらもふたつの理由から。

ひとつは、瀕死かもしれなかったうつ伏せの死体は、そもそも死体ではなかった――そしてもうひとつは、死体ではなかったそれが着ていたのは、ボロボロの服でもなかった。いくら明かりに目が眩んだからと言って、この至近距離になるまでわからないなんて、己の愚かさにこそ目眩（めまい）がする。

ギリースーツ。

密林に潜む際、風景にカメレオンのように馴染む迷彩柄のヴァリエーションで、なかんずく隠密性（おんみつせい）の高い、そう、スナイパーが好んで着用する軍服——

「ホ……、ホワイト・ホース——！」

かろうじてその名を呼んだものの、しかし僕が意識を保てたのはそこまでだった。うつ伏せの姿勢から瞬時に裏返ったギリースーツは、海人Tシャツの胸倉をつかむが早いか、そのまま僕を刈り取るように、高速回転で寝技へと巻き込んだ。

明らかに軍隊格闘技だった。

『掟上今日子の防空壕』——銘記

第五話　掟上今日子の徴兵制

1

迂闊だった――この言葉を、僕はいったい人生で何度使うことになるのかわからないが、迂闊だった。いっそ僕の名字にしてもいいくらいだ、迂闊厄介。

どうして隠し扉をああもあっさり、たわいもなく発見することができたのか、そしてなぜ不用心にも鍵がかかっていなかったのかを、僕はもっと深く考えてもよかった――地の底とは言わないまでも、落とし穴くらいには。扉が瓦礫に大して埋もれていなかったのは、恵まれし僕の運が良かったからじゃなく、僕が割かなかった労を割いてその隠し扉を、先んじて探し当てていた何者かがいたからかもしれなかったし、鍵がかかっていなかったのは、有事の際にすぐ飛び込めるようにかもしれなかったが、一足早くその堅牢なる扉を解錠した誰かがいたからかもしれなかったじゃないか。

世界には自分しかいないと思っていたのか？

何も網羅できていない。

カードキーを持つ僕がつぶさにセキュリティを解除したから、探偵ではなくなったはずの今日子さんがあの高層階まで、ノンセキュリティで登って来られたのと、理屈は同じだ。また、掟上ビルディングに秘密の地下シェルターがあるというコペルニクス的転回の大発見をしたのが僕だけであるという思い込みが、何より迂闊である――僕が気付くことくらいどこのどなたでも気付くし、また、そもそもその地下シェルターに忍び込むために、邪魔っけな上物を跡形もなく吹き飛ばしたという発想だってあったのに。

焼け野原に危険極まる地雷が仕掛けられていなかったのは、本人がここにいるからだと予想することだって、不可能じゃなかった。戦車と共にその姿を消した犯人は、いったいどこに行方をくらましたのか？　次なる犯行計画を練るアジトとして、自ら破壊したビルディングの跡地に本拠地を構えるというのは、完全なる盲点であり、同時に、言われてみればまさにここしかないというポイントである――言うならば、またしてもスナイパーは、『犯人は現場に戻る』を、地でいったのだ。

ここでも尊重してくれているじゃないか、ミステリーの文脈を。

現在の今日子さんの盲点を突いてくる、容赦なく。

そう言えば沖縄県の自然洞窟も、防空壕や病院として改造されていただけではなく、前線となる軍事基地としても利用されていたのだったか……、極論を言えば、つまり僕は発見時、あっけなく感じたりせずに、あの鉄扉の上にただシンプルに座り込むだけで、あるいは瓦礫を積み直すだけで、確保することができていたのかもしれないのだ――犯人を。

軍人を。戦争犯罪人を。

かつての今日子さんのファンクラブの会員、ホワイト・ホースを。

しかし僕は、先に誰かがいることなど想像もせずに伸びやかに、暗いのが怖いからという理由で、呑気にライトのスイッチなどを探していた——一寸先は闇どころか、周囲全体が闇であることにも気付かず。その間に敵は、招かれざる珍客に対して、咄嗟にうつ伏せになって死体の振りをするという機転を利かせた。

僕のミステリー脳を利用して、座敷牢の密室殺人事件を演出した——そうすることで僕から（そんなものがあったとして、だが）冷静な思考を奪い、『ああ、この展開は知ってる。読んだことがある』と、無防備なまま、胸倉に手の届く範囲まで誘引した。

さあ、地下でおこなわれたこの白兵戦で、果たして僕は始末されたのか？　それとも軍人は民間人を殺さないのか？

僕の生死は、三行後に明らかになる。

2

意識が戻った途端、夢だと思った。

と言っても、重役の狙撃から始まる掟上今日子殺人事件、工事現場の高層階に仕掛けられた地雷、探偵事務所の戦車による破壊、はたまたヒットメーカーとの邂逅（かいこう）から繫がるまさかの核シェルターの発見といった一連のドラマチックな流れが、すべて夢だったという、ミステリー小説では名高き犯則のひとつである『夢オチ』が、ここで適用されたという『どんでん返し』ではない——それらの現実味は、痛みと共に、嫌というほど味わっている。

むしろ、目覚めた今こそ、夢を見ているのかと思ったのだ——それは夢見がちな僕でなくとも、推理小説ファンなら、誰だって同じように感じたのではないだろうか。

ここはそういう空間だった。

絵にも描けない夢模様。

暗闇からの強烈なシーリングランプになかなか目が慣れず、その直後、『変死体』の『第一発見者』となったことで、周囲への気配りがおろそかになってしまっていたが——地下室にしては意外と広いということくらいしか把握できていなかったこの空間が、災害からの避難所というだけではなく、そして戦争を予見した防空壕というだけでもなく、ミステリーマニア垂涎の『図書室』であることが白日の下に晒されたのだ。

白日と言うか、ＬＥＤランプだが。

天災であれ人災であれ、衝撃を受けた際に倒れないようにだろう、四囲の壁に本棚が埋め込まれていて、高い天井のぎりぎりにまで、その背が伸びている——みんなが憧れる梯子つきの、重厚な風格のある本棚で、そしてガラス戸の向こうに並べられているのは、すべて推理小説だ。

　古今東西の推理小説がずらりと揃えられていて、まさに圧巻である——古今東西というのは、関東のミステリー、関西のミステリーからなる区分ではなく、洋の東西を問わずという意味であって、日本語のみならず、様々な言語が記された背表紙が、シェルターの壁をカラフルに彩(いろど)っていた。

　そう言えば、国会図書館は収蔵された本を管理するにあたって、気温や湿度も完全にコントロールし、万が一火災に遭った際は、スプリンクラーなどとんでもなく、酸素濃度を下げることで消火するという、国際美術館もさながらという対策が備えられているという噂(うわさ)だが——おののかずにはいられない、シェルターはシェルターでも、大量の本を保存するためのシェルターと来たのか？

　もっとも、この図書室——いやさ、掟上文庫に関して言えば、収蔵している数え切れない推理小説の、保存状態がいいとは言えない。背表紙だけ見ても、かなり過酷に読み込んでいるのがわかるほど、どの本もぼろぼろだ。

『現場百遍』ならぬ読書百遍を、一冊でおこなったような。

　棚のあちこちに散見する目を疑うような稀覯本(きこうぼん)でも、古本屋さんに持ち込めば、おそらく二束三文で買いたたかれることだろう——そんな稀覯本は、まさに古本屋で働いたことのある僕でなければ、推理小説であると評価できないような、海外のマニアックな推理小説と隣り合わせになっていて、整然とした秘蔵のコレクションという趣でもない。

売るためでも誇るためでもない。

読むための品揃えだ。

それも何度も何度も繰り返し繰り返し、重ね重ね読むための品揃え——一度読んだ本であれ、新鮮な気持ちで二度目を読める、一日で記憶がリセットされる忘却探偵ならではの文庫である。

もしも天変地異が起こっても、仮に戦争が起こっても、この掟上文庫にこもれば、一生、読む本に困ることはないだろう。世界が滅んだあとでも、人類最後のひとりになっても、推理小説を読み続けられる。探偵事務所の地下深くに隠されていたのは、備忘録としてのバックアップでも、守銭奴が溜め込んだ金塊でも、ファッションリーダーのクローゼットでも、まして座敷牢に監禁された変死体でもなく——書棚だった。

首を回して探してみれば、いつぞやの事件で今日子さんが、依頼料代わりにもらい受けた、推理作家・須永昼兵衛の百冊の著作も、棚の中に見つけることができた——てっきり、戦車の砲撃で焚書の憂き目に遭ったと思っていたが、あらかじめ、こちらのシェルターに避難させられていたわけだ。

余計な心配をしてしまった——心配のみならず、気回しも。やはり、今日子さんは掟上ビルディングが木っ端微塵に破壊されることを、十八番の網羅推理で、あらかじめ想定していたわけだ。

ならばあるいは、スナイパーによる狙撃さえ——

「——俺はあんたが羨ましい」

と。

これまで数々の名探偵に冤罪を晴らしてもらった冤罪王としては致し方のないことではあったが、夢心地のまま、今度は壁に埋め込まれた本棚のほうにばかり意識が向かった僕は、その声に、部屋の中央へと視線を向けた。

そして驚愕（きょうがく）した。

「きょ——今日子さん!?」

否。違う。

木を見て森を見ずと言うが、さながら森のようなギリースーツを着用したその人物の、頬や額、両目の周囲にまで迷彩柄のペイントを施した面輪（おもわ）は、確かに僕の知る掟上今日子のそれと瓜二つ（うりふた）だったが、しかし、『彼女』は、掟上今日子ではありえない。

眼鏡をかけていないからとか、ギリースーツと一体化するまでに伸ばされた髪の色が真緑だからとか、あるいは入院している今日子さんの額には、傷口をふさぐガーゼが貼っているはずだからとか、そういうことじゃない。

眼鏡なんて外せるし、トータルコーディネートでウイッグをかぶることもできる——縫い付けているわけでもないガーゼも簡単に剝がせるだろう。ギリースーツという奇異なるファッションも、例のダサパジャマに比べればむしろシックなくらいだ。胸元にスナイパーライフルを抱えているのも、攻めたお洒落アイテムとして認めてもいい。

そうじゃなく。

本棚から取り出したとおぼしき何冊かの分厚い推理小説を積み上げて、『彼女』はそこに腰掛けていたからだ——安楽椅子探偵でもない今日子さんが、本の上に座ったりするはずがない。

「だ——誰ですか?」

「ホワイト・ホース。知らなかったのかよ?　冤罪王」

言葉遣いこそ乱暴だが、声音も、そしてイントネーションも、今日子さんと寸分違わない。

しかし『彼女』は堂々と名乗った——ホワイト・ホースと。

つまり、今日子さんに変装して、僕を誑かそうとしているわけじゃない……、覆面作家のような覆面でも、ギリースーツのような偽装でもなく、どれだけペイントしていても、これが素顔のホワイト・ホースだ。

「ふ……、双子？」

まさか、『双子トリック』？　今時？

監禁された双子のきょうだいなんて、まるで冤罪王ならぬ巌窟王だが——いや、何がならぬだ、この軍人は監禁されていたわけじゃない。そういう意味では僕と変わらない、不法侵入者である。

「赤の他人だぜ。白の他人かね。いわばそっくりさんだ。それを買われて、俺はありし日、マムの影武者をやってた——マムが引退するまで。戦犯として牢屋にいるところを、マジで買われたんだがな。当時の日本円にして、三百円くらいだっけ」

「…………」

マム……、軍隊では、女性指揮官のことをそう呼ぶのだったか？　サーではなく、マムと……、マムとは誰か？

考えたくもないが、考えるまでもない。

「軍人だからマムと呼んでいるわけじゃないぜ。俺達はファミリーだ。ファミリーだった。だからマムなんだ」

そこだけ聞くと、更に英語圏っぽいが……、しかしながら、見る限りにおいては、今日子さんと同じくアジア系であるのは意外だった――影武者……？　マムや、ファミリーというニュアンスは、しかし今日子さんを絡めて考えると違和感を拭いきれない――彼女の孤高性、いわば天涯孤独のイメージと、あまりにそぐわないのだ。

頭を撃たれて入院したって、連絡する親族がいない――それが今日子さんのイメージである。

いや、しかし、ミリタリーＩＤ。

戦場ドラマの見過ぎと言われればその通りだが、いわゆるドッグ・タグは、二枚一組なのが基本だった――二枚のドッグ・タグの内容は同じで、兵士が戦死した場合、一枚は死体に残し、もう一枚は、仲間が持ち帰る。持ち帰られたドッグ・タグは形見として、遺族に届けられる。死体に一枚残すのは、その後……、だから、死体が損傷したり……、そう、腐ったりしても、他の死体と区別できるＩＤとして。

戦場に残る一枚と、故郷に帰る一枚。

掟上今日子の――鑑札票。

「マムが引退してからは、俺がマムになった。影のつかない武者になった。マムが探偵になったように――ところで、不意をついて襲いかかってきてくれると嬉しいんだが」

急にそんなことを言われて、僕は自分が、後ろ手を縛られてもおらず、猿ぐつわを嵌められても、どころか怪我ひとつしていないことに、遅まきながら気付く——足で絞められた首元に痣くらいはあるかもしれないが、とにかく、拘束されていない。

何の束縛も受けていない。

この図書室にしつらえられていた書見台のような調度に、雑に寝かされていただけだった——捕虜としては、ありえない厚遇と言っていい扱いである。

「逃げようとするのでもいい。そうすれば、あんたを撃つ口実ができる——俺としたことが、うっかり殺す機会を逸しちまったから」

厚遇というわけではなさそうだった。

抱えるスナイパーライフルは、もちろんロングレンジ用の銃火器ではあるけれど、だからと言って、近距離で使えないということはあるまい。大は小を兼ねる、遠距離は近距離を兼ねる。

なんだろう、ホワイト・ホースは、自らに捕虜虐待を禁じているのだろうか？　戦争犯罪人なのに。

「俺が戦争犯罪人だったのは、マムに三百円で買われるまでの話だ。冤罪王ならわかるだろう？　国の法律で有罪なら、それは有罪ってことなんだ。俺が有罪判決を受けた法律は、今はもう存在しない国の法律だがな。……訊いてんじゃねえよ。俺は答えちゃう奴なんだから。

この際、尋問したいのはこっちなんだ」

勝手なことを言っている。

今日子さんの顔でそう責め立てられると、ジュネーブ条約で禁じられている拷問を受けるまでもなく、こちらこそ、なんでも答えてしまいそうだ——狙撃に特化したそのファッションは、影武者と言うよりは、今日子さんの2Pキャラって感じだが。

尋問。

そのために生かされているわけではなく、たまたま生きているというシチュエーションを否めないが……、寝技で絞め殺されていてもおかしくなかった。

「僕に答えられることであれば、いくらでも答えますよ」

「なんだ。つまらねえな」

「だけど、その前に……、本に座るのをやめてもらっていいですか？」

その容姿で、とまでは言わなかった。

「ああ、これ？　あんたが起きるまでの間にこうして二十冊ほど、一通り読んでみたけど、よくわかんねーな。人間がひとりやふたり、多くても十人足らずが殺されたからって言って、何を大騒ぎしているんだ？　そんなの、不思議でもなんでもねーじゃねーか」

ホワイト・ホースは足を開いて座ったまま、そこからどこうとはしなかった。ただ、言っていることは、挑発や、あるいは批判とは違って、それこそ、単に不思議で、疑問を口にしているだけのようだった。

「いっそ、ページを破って、千羽鶴（せんばづる）でも折ろうかと思ったぜ。この国ではそうやって鎮魂するんだろ？　それくらいしか使い道がねえ」

推理小説で作った千羽鶴か。

ページを破るというのは罰当たりだが、その発想は、ちょっとデザイナブルではあるな——フィクションに登場するスナイパーのイメージとは違って、ユーモアに欠けるわけではないらしい。

「あんたの鎮魂に」

笑えないユーモアだが。

しかし、そう長時間意識を失っていたとも思えないのに、椅子にできるくらいの本を、たとえ速読でも読み終えるとは——外見だけでなく、その能力も今日子さんさながらであるとも言える。

だからこその影武者ということか？　似ているのは外側だけではなく……、内実も。

「名探偵……、はっ。こんなものに、マムはなりたかったのかね？　よくわからん。ファミリーを見捨てて、俺にすべてを押しつけて、世界平和をないがしろにしてまでなりたかったのは、こんな安っぽいヒーローなのかよ？」

「……僕は何度も助けられていますよ。今日子さんに、窮地を」

「そこを詳しく聞きたいね、冤罪王。マムの現在の——今日の活動に、どれほどの意味があるのか。それ次第で、俺の明日の活動も大幅に変わってくる」

まだ銃口を向けられているわけではない。

ただし、それでもびんびんに殺意を向けられていることはわかる——ちょっとしたきっかけで殺されそうだ。出し抜けに、僕のことを羨ましいなんて言っていたが……、今日子さんに助けられ続けている僕の、何が殺したいほど羨ましいのだ？　この状況から逃れられる方法が、まったく思いつかない——結局、一秒でも長生きするためには、『彼女』がどこの何に座っていようと、質問に答えるしかないのか。

稼いだ一秒で何かを成せる人なんて、今日子さんをおいて他にいないわけだが……、いや、このギリースーツも、その一秒を利用する。だからこそ、聞き出そうとしているのだ。僕だけが知る忘却探偵の活動履歴を……、なんてことだ、真犯人とサシで対決するというこのあからさまなクライマックス、たとえここが波打ち際の崖っぷちでなくっとも、犯人からの自白が欲しいところなのに、逆にこちらがあますところなく、『秘密の暴露』をする羽目になるなんて。

しかしなぜ、ギリースーツはそんなことを聞きたがるのだ？　僕を殺すまでの時間稼ぎをするのだ？　僕が滔々とそんなことを語ったところで、忘却探偵はもういないのに――ギリースーツ自身が抹殺したんじゃないか、掟上今日子という概念を。退役軍人を徴兵し、荒れた戦場にカムバックさせるのが目的であるなら、彼女の知らない彼女の冒険譚など、どうでもいいんじゃないのか？　そんな当然の疑問を口にするわけにもいかず、そして、僕は語る。

僕にとって、忘却探偵最初の事件である『多体問題事件』から始まり、芸術を解する『掟上今日子の推薦文』、働きかたに働きかける『掟上今日子の退職願』、拡大自殺の拡大解釈である『掟上今日子の遺言書』、不幸中の幸いであろう『掟上今日子の婚姻届』、パリにそびえ立つ『掟上今日子の旅行記』、交通機関を乗り継ぐ『掟上今日子の乗車券』、相手を選ばない『掟上今日子の挑戦状』、表裏一体の『掟上今日子の裏表紙』、カラフルな白の『掟上今日子の色見本』、爆発寸前の『掟上今日子の設計図』、音と無音の『掟上今日子の五線譜』、友情あふれる『掟上今日子の伝言板』……、そして最後の挨拶とも言える今日日までに至る、掟上今日子の『備忘録』を。

3

「ヤー、ヤー。なるほど、拝聴したぜ。もちろん下調べはあらかじめ入念に済ませておいたつもりだが——俺はあんたの知らない忘却探偵の冒険譚も知っちゃあいる——『掟上今日子のLOVE SONG』って知らねえだろ？　——それでも当事者からお聞かせいただく体験談ってのは、通り一遍なデジタルな資料とは重みが違うねえ」

その辺は戦争と同じなんだな。

と、ホワイト・ホースは風刺を利かせてきた——冤罪王である僕は『信頼のできない語り部』もいいところだが、しかし今日子さんに関して言うなら、第一人者であると自負している。

僕以上の忘却探偵マニアはいまい。

だけど、いくらこれ以上ない密室で、一対一で迫られているとは言え、まだ拷問を受けたわけでもないのに、どうして守秘義務絶対厳守の探偵について、こうもぺらぺら喋ってしまったのか、語り終えてみると不思議だった。

正常な判断力を奪われている。

殺されるまでの時間稼ぎに会話を続けるにしたって、もっと虚実入り交えて、この戦争犯罪人を惑わすくらいの知恵を働かせてもよかったんじゃないのか？

「実際、今の今まで不安だったんだ。もしかして俺は、とんでもない人違いをしてしまっているんじゃねえかって——俺の知るマムと、掟上今日子のありかたが、全然違うように思えたから。ただ、あんたの話を聞いて、完璧にイメージが一致したぜ。俺の知るホワイト・マムと、忘却探偵のスタイルがな」

　スタイル。

　ファッションセンスのことを言っているわけではあるまい……、ベストドレッサーの今日子さんと、ダサパジャマの今日子さんが、一致するわけがない。

「僕は……、人違いだと思いますけどね」

「ん？」

「正直、こうして、捕虜になっている今でも……、何かとんでもない誤解に巻き込まれているような気がしてなりませんよ。今日子さんが退役軍人だなんて……、冤罪慣れしている僕だから、そう思うのかもしれませんが……」

「冤罪慣れじゃなくて、それは平和ボケって言うんだろ」

　切り捨てるように、ホワイト・ホース。

　今日子さんの顔で、僕を蔑（さげす）んでくる。

「戦争を古き良きファンタジーだと思ってるから、非現実的だと決めつける——兵器や戦略のみならず、戦士にまで拒絶反応を示すって言ったほうが正確なのかな？　まあそれでいい。変に美化されるよりはよっぽどマシだし、そういう平和ボケを大量生産するために、ありし日のマムは頑張ったんだから」

殺人事件を解決するように。

戦争を解決しようと挑んだんだから。

「せ――戦争を解決しようとした？」

「その意味じゃ、マムを軍人と表現するのは、日本語としてあまりにも正しくない。あえて近しい職業を探すなら、戦争調停人と言えばいいのか――それとも、戦争探偵かな」

くつくつと笑うが、しかし対する平和ボケした僕のほうは、まったく笑えなかった――たぶん何らかのジョークを言ったのだろうが、死の際における戦場のジョークで笑えるタイプじゃない。

「マムは一国の軍隊に属していたわけじゃない。さりとて傭兵（ようへい）だったわけでもない――むしろそういう団体を敵に回していた。ＦＢＩどころか、国連にマークされてる第一級の指名手配犯だったわけだ」

「こ、国連って……、せめてインターポールで止めておかなきゃ、そんなリアリティのないエピソードトーク――」

「なぜ？」

疑問そうに首を傾げられると、答えてしまう――答に窮しつつも、やはり答えてしまう。

意識を失っている間に、自白剤でも注射されたのか、僕は？　それだって、ジュネーブ条約で禁止されている行為だと思われるが――

「だって――」

「だって？」

詰め寄るようにせかされ、僕は言葉を選ぶ。

そりゃ、僕は平和ボケしているかもしれないが、それでもニュースを見ていないわけじゃない。世界中のあちこちで、悲惨な戦争や内紛がおこなわれていることを、今日まで知らなかったわけじゃない。従軍体験のある人物と比べれば、そりゃあ比べるべくもないだろうけれど、そこまで馬鹿みたいに扱われると、さすがに心外だ。だけど。

「――だって、一個人が戦争を止めるなんて、解決するなんて、できるわけがないじゃないですか。それこそ、国連でも止められないのに。人類はずっと戦争を続けてきたんですから。人ひとりの力には限界があります」

「それはあんたの限界だろう。マムはこう言ってたぜ。人ひとりの力には限界があるが、ひとりひとりの力は無限であると――それでもあんたは、慰霊碑の前で祈るだけか？」

ぐうの音も出ない。

黙りこくってしまう、それこそ黙禱（もくとう）のように。

「あんたが俺から逃げるように、沖縄に飛んだことは知っている——相変わらず、余計な真似をしてくれるFBI捜査官だ」

「……？　会ったこともないって言っていましたよ？」

「そう思えているなら、おめでたいエージェントだ。あんな逃避行で俺を欺けると思ったあんたと同じくらい——もっとも、俺もまさか、その日のうちにあんたがこの核シェルターにとんぼ返りしてくるとは予想外だったが。修学旅行の行程としては、ひめゆりの塔と、美ら海水族館を巡回してきたってところか？　さながら弾丸ツアーだな」

　弾丸ツアーと、スナイパーから言われたら返す言葉もない——かつ、売れっ子とスキューバダイビングもしてきたとは、そうでなくとも言えないが。いずれにせよ、今日子さんと同じ顔で、そうずけずけと行動を読まれると、ますます黙り込んでしまう——修学旅行という比喩（ひゆ）まで読まれているとは。

　拷問のされ甲斐がない。

「悪くないコースだが、戦争の光と影を同時に見学したいのなら、もう一歩進めて考えてもよかったところだ。俺はことを起こす前、広島市の平和記念資料館で祈ってきたが、それと前後して、呉（くれ）の大和（やまと）ミュージアムも見学させてもらった。光と影を学ぶっていうのは、たぶんそういうことなんじゃねーか？」

実は尾道（おのみち）にも寄ってきた。

と、弾丸ツアーはこちらのほうがお手の物、みたいなことをひけらかしてくる——なぜ尾道なのかまではわからなかったが、しかし、言われていること自体には反論の余地がない。そもそも僕だって、偶然里井先生と出会っていなければ、ダイビングどころか、美ら海水族館はまたの機会にしていただろうし、この地下シェルターにさえ辿り着いていないだろう。ひめゆりの塔を含む、沖縄の慰霊碑すべてを巡ったという天才の耳目を通して見聞きしたから、防空壕という発想に至っただけだ。

「パブロ・ピカソの描いたゲルニカを、『なんか有名』『値段が高い』という理解しかできないようじゃ、天才のすごさはわからないってことだ。戦争は美術館でだって学べるのに、ピカソの本名の長さを知っているのがお前の自慢か？　円周率でも暗唱してろよ——ああ、違う違う、そうじゃない」

と、そこでホワイト・ホースは語調を和らげた。捕虜を懐柔するように。

「別にマウントを取りたいわけじゃねえ。俺は戦争を知ってる、あんたは戦争を知らない。だから俺のほうが偉いんだ、人間として深いんだと言いたくはない——人の業とか、世界の裏面を見て、それで世の中を掌握したように語るのはおかしいよな？」

「…………」

「ただ、これだけわかってくれりゃいい。マムはあんたと同じ、平和ボケだった——世界から戦争なんてなくなればいいと、心から祈る女の子だった。そして祈るだけでなく、それを実行に移した。十八歳のときに」

十八歳？　いつだったか、嘘かまことか、今日子さんの空白期間は、十七歳から始まっていると聞いたことがあったけれど——なんだ、その符合は？

「最初は地雷撤去のボランティアから始めたそうだ。若い頃のナイチンゲールのように、野戦病院で看護師の真似事もしたことがあるらしいが、いつしか標的が戦車の破壊になった。いつしかっつーか、その野戦病院が砲撃で、木っ端微塵にされた日から、だが……、マムはその日のうちに対物のスナイパーライフルを駆使して、やり返した。最速の反撃だな」

地雷。病院。戦車。スナイパーライフル。

なるほど、今日子さんの記憶を刺激するにあたって、適当に戦場絡みのワードを投入していたわけではないと言いたいのか——かつての思い出の品々を、これ見よがしに並べ立てていた。まるでアルバムでも開くように。

「もっとも、マムはスナイパーではなくスイーパーと言うべきだ」

「……戦争を止めるために戦争に参加したんですか？　犯人を突き止めるために違法行為に手を染める探偵のように？」

「そして実際に止めてしまったところが、マムの偉大なところだな」

誇らしげに言う。家族を自慢するように。

それが本当だとしたらお見それしたものだが、そんな偉大なリーダーを後ろから撃つというのは、どういう心境なのだ？　戦場では、上官殺しというのはさして珍しくもないそうだけれど……。

「当時、世界にあった戦争の約半分を、わずか数年で、マムは相殺させた——まさに相殺って感じだった。もしもあのまま活動を続けていれば、本当に世界から戦争を消滅させることができたかもしれないくらいだよ」

話半分に聞いても、約四分の一の戦争を解決したことになるのか……、推理を網羅するならともかく、戦争を網羅するなんて。しかし確かに、そのスピーディーさだけを捉えるなら、僕の知る今日子さんのイメージからも、そうズレてはいない。なにが彼女をそこまでさせるんだという積極性も含めて……。

だが、『もしも』と言った。

「そう、所詮、たられぱの話だ。マムが暗殺されるまでの」

ホワイト・ホースは、身体の一部のように抱きしめていた狙撃銃をちらりと見て、そう言った。

「ん？　なんで俺はこんなことをあんたに喋っているんだ？　頼まれてもいないのにぺらぺらと。まるで真犯人の自供じゃねえか」

と言うより、犯行声明のようだったが、しかしここでやめられては生殺しである――普通に殺されてもおかしくない状況下ではあるが、僕は先を促すように、「暗殺ってどういうことです？」と、ギリースーツの『彼女』に問うた。

「平和を願ういたいけな少女を、誰が殺すっていうんです」

「戦争で食ってる人間も多いからな。かつての俺もそうだった――戦争孤児だった俺はそうするしかなかったし、でもそんな食事が不味くなって、仲間を募って暴動をぶちかましたんだが、あえなく失敗し、不名誉除隊の戦争犯罪人として牢にぶち込まれたわけだ」

いや、あなたの話じゃなくて。

とは言えない。もちろん。

「そこをマムに買われた――たぶん、そのときから、俺を影武者に育てる目算はあったんだろう。外見が似てるからって理由じゃなく、脳の形が似てるからって理由で――」

「脳……」

脳の形。脳の構造。脳の仕組み……、プログラミング。

「平和を願ういたいけな少女と言うには、明らかにやり過ぎた自分が暗殺されるときのことも、マムはちゃんと想定していたってことだろ。いや実際、十八、十九の女の子の考えることじゃねえ――大衆を扇動した罪に問われた俺に、通じるものを感じてくれたんだとすりゃあ、光栄と言うしかねえ。もっとも、実際に脳に銃弾を受けたのは、影武者の俺ではなく、マム本人だった」

と、思われた。歴史書にはそう記載された。

ホワイト・ホースはつけ足すようにそう言った――なんだか含みを持たせてくる。それも、嫌な含みをだ。

「……その後は影武者のあなたが、戦争探偵の活動を引き継いだということですか？　あなたは影武者ではなく、後継者になった――」

ならばむしろ、有事の際に備えて、後継者を育てていたという見方もできるが……、僕に言わせれば、そちらのほうが今日子さんっぽい。

平和活動は、永久に続けないと忘れられる。

英雄が死んで終わりじゃあ、結局、火種は再燃するだけだ。

「しかし、俺がマムになって以来、活動は縮小する一方だった――仰る通り、戦争の総数は、また倍加しつつある。リバウンドって奴だ。外側が似ていても、脳の形が一緒でも、やはり器が違うってことだろう。マムが生きていてくれたらと思わない日はなかった――そしてある日こう思った。俺の指揮した一個小隊が全滅したある日」

実はマムは生きているんじゃないのか？

あのマムが撃たれて死んだ？　何の冗談だ？

あれは偽装だったんじゃないか？

「ギリースーツのようなカムフラージュなんじゃないか？　ってな。まあ、妄想のたぐいだ。希望的観測だ。本来なら——だが、俺は腐っても、マムと同じ脳を持つ女だぜ。あんたらの言うところの、灰色の脳細胞って奴を——だから、どちらかと言えばマムが、自らを影武者としたがる裏方タイプの人間であることは察しがついたし、遅くなってしまったとは言え、姿をくらましたマムの行方を突き止めることも、俺だからできたと胸を張れる」

「……今日子さんが、それだって言うんですか？」

脳を貫いた一発目の銃弾。

彼女から記憶を奪った——昨日を奪った9パラ弾が、暗殺のカムフラージュのために放たれたものであったと？

「上官殺しと同じくらい、珍しいことでもねーんだぜ？　戦死した振りをして、所属する部隊から逃亡をする兵士ってのは——マムをやってみて、その気持ちは実感できた。なんて言うのかな……、自分がおかしくなっていくのがわかるんだ。確かに理想を追っていたはずなのに、現実の前にくじけそうになる——戦争を止めることに成功しても、正直、そのあとの被害のほうがでかいから。餓死や差別や格差や自殺は、戦後にこそやってくる——戦争中でさえ、戦場じゃない銃後でこそ、地獄が起きる。勇ましい兵士の影で、弱い者が虐げられる……、影。マムがその辺りをどう解決していたのか、俺にはわからねえ。折り合いをつけられないままに、心が折れたのかもしれねえ」

「……それを恨んでの犯行だったんですか？」

いよいよ僕は核心に迫る——つまり、僕の死に迫っているとも言えるわけだが、ここまで来ると止まれないのは、僕も同じだった。

「今日子さんが過酷な平和活動をあなたに押しつけて、自分はのうのうと、この日本で日常の謎なんかを解決していたのが許せなくて、ライフル弾で撃ち抜いたんですか？」

忘れられたことが、許せなくて。

戦争を忘れられたことが。

家族を忘れられたことが。

「勘違いするなよ。この俺が大恩あるマムを恨んだりするか」

また言われた、勘違いするなと。

冤罪王である僕の専門は、むしろ勘違いされることにあると言うのに……、そういう意味では、FBI捜査官のワイフ以上にツンデレである僕なのに。僕の予想が的外れなのはいつものことだが、しかし、恨んでもいない相手を狙撃するか？

「僕はてっきり……、すべてを忘れて引退した今日子さんを、もう一度戦場に引き戻すために、あなたはあれこれ策を弄していたのだと……」

このシェルターにもそのために来たのだとばかり……、僕と同じで、今日子さんのバックアップを求めて、潜入したのだと思っていたが……、でも、実際にはここはただの書庫だった。ただの……。

「そうだな。そういう意味じゃ、俺のアテは外れた。偉そうなことを言ったが、俺もマムのすべてを理解できているわけじゃねえ——だからこそ、戦車で上物を吹っ飛ばした甲斐はあったよ。あんたに会えたんだから」

「…………」

「なにせ当事者から話を聞けたんだ。身になった話を。値千金だ——これで俺は、掟上今日子になれる」

4

掟上今日子になれる。

その言葉の意味を、僕は一瞬、つかみかねた——その掟上今日子を、こうも徹底的に『抹殺』しようとしておきながら、このギリースーツはいったい何を言っているんだ？　そう思ったが、しかし、『抹殺』しようとしているからこその動機と、それは言えるかもしれなかった。掟上今日子がいれば、掟上今日子にはなれないのだから——そして『彼女』は、かつての今日子さんの影武者として育成されたわけだ。

後継者。

ならばその後継者が、さながら隊列を組んだ後続車のように、同じ道を辿ろうとするのは、推理小説で言うところの『論理的帰結』である——戦場に倦(う)んで、すべてを忘れて、日常の中に溶け込もうと考えるのは。

脳の形が同じなら。

脳と言えば、その動機を、あくまでミステリー脳で考えれば、つまり『双子』でこそなくとも、『入れ替わりトリック』に当たるのだろう——なんてことだ、尾道市に寄ったという弾丸ツアーの行程が、『おれがあいつであいつがおれで』を露骨に示唆(しさ)した伏線だったという点だけを取り上げれば、意外や意外ではあったが、しかしホワイト・ホースは、『どんでん返し』と言うほどに、素っ頓狂なことを明かしたわけでもない。

家族を忘れるその気持ちがわからないからこそ、こうしてわかろうと努力していると言っただけに近い。

今日子さんが退役軍人だと、まあ当たらずとも遠からずの着想を抱いた時点では、そんなことがあるはずがない、ありえないと、頭から否定した僕だったが、しかしそこを逆に捉えたらどうだろう？

それがおかしいというのなら、退役軍人は何になればいいんだ？

ＦＢＩ捜査官にして、掟上今日子の産みの親とも言えるホワイト・バーチ氏は、従軍経験はないと言っていた――だからと言って、従軍経験があったら悪いということは、まったくなかったはずで、むしろその職歴は尊重されるべきだ。

同様に、まったく関係のない職についても、文句を言われる筋合いはない――国のために命をかけた人間が、その後何になろうと、それは自由というものである。

退役軍人は何になれば納得できる？

教師、小説家、歌手、ブロガー、Ｆ１レーサー、パティシエ、舞踏家、アスリート、アニメーター、青年実業家、デザイナー……、なんならその日暮らしのアルバイトをしながら、放浪の旅に出たっていいのだ。

そしてもちろん、探偵になってもいい。

軍人のセカンド・キャリアを否定したら、それはつまり、いつまでたっても戦争がなくならない事実を肯定していることになるだろうが——それとも、戦場で負ったトラウマに、生涯苦しむのが仕事だと？

だから、このスナイパーがギリースーツをインバネスコートに着替えたいと言うのであれば、その意志は重んじられるべきだ——表現の自由が守られるように、職業選択の自由もまた、なくてはならない人権である。

ただし。

「ただしそれは、他人を撃ってまでおこなう就職活動じゃあ、ないですよね——恩人を撃ってまで」

「そうかな。俺の読みが——俺の推理が正しければ、マムは他人や恩人どころか、自分を撃ったんだぜ？　自分の脳味噌を、だ。ならば、影武者である俺が、二発目の弾丸をマムに撃ち込むのは、むしろとても自然な流れと言える——それは俺自身の脳を狙ったのと同じことだから」

詭弁だ。詭弁ではあるが、しかし一方で、僕は歯ぎしりをしたいほどに納得もしていた——あの遠距離からピンポイントで今日子さんの脳を撃ち抜く、それもトンネルを通すように、かつて貫通した弾丸と同じコースを撃ち抜く、針の穴どころか脳の穴を貫く腕前は常軌を逸していると感じていたが、しかし同じ構造の脳を持つ後継者であるならば、解剖学的な視点から、灰色の脳細胞を狙撃しうる。

かつて今日子さん自身が、己の死を偽装したときのように——記憶を。

人生をリセットするために。

「もっとも、実行しておきながらこんなことを言うのも妙な気分だが、俺自身は、弾丸による物理的な記憶消去って奴には懐疑的だがね。マムは普通に、戦争体験で頭ん中が壊れちまったんだとも思う——頭脳に弾丸を喰らうよりも、弾丸が飛び交う渦中に身を置き続けるほうが、脳細胞は死んでいく。ほら、あれ……、梱包材のぷちぷちを潰すみたいに」

それはそうかもしれない。僕なら一日以内だって、正気を保っていられる自信がない。戦場のみならず、すべての記憶を忘れてしまいたいと思うだろう——それまでの人生をかなぐり捨てて、まっさらで、新しい生活を送りたいとまで思うに違いない。

その意味では、ホワイト・ホースが、今日子さんとまったく同じ人生をなぞるように歩もうとしていることは皮肉でもあるし、また必然でもあるのだろう。

こんなのはぜんぜん『意外な動機』じゃない。

そして、結局はそういうことなのかもしれないと、僕は冷めた気持ちにもなる……、こういう風に、すべてを投げ出したくなるくらいに、誰も彼もが戦争にうんざりでもしない限り、完全なる平和なんて訪れようがないのかも、と。

戦争を格好いいとか、兵器に憧れるとか、そんな意見を述べるコメンテーターがコメディアンに思えるほどの絶望があって、初めて人と人は、手を取り合える——のだとすれば、何千年も戦争がなくならない理由も、あるいはホワイト・マムが、戦争を止めるのが嫌になってしまった理由も、多少はわかろうというものだ。

わかったつもりになれようというものだ。

徴兵されたみんなが逃亡兵になることでしか、戦争が止められないなら——ある意味では、今日子さんは範を示したとも言えるわけだ。リーダーが逃げ出さなければ、誰も逃げ出せないから……、そしてまさに、このギリースーツは、それに倣(なら)っている。

「ふふっ。ちょっと責任逃れが過ぎたかな？　まるでマムが俺を操って撃たせたかのような言いかたはよくなかった——『操り殺人』って言うんだっけ？　そういうのは」

「…………」

「もちろんあんたの名推理通り、マムを戦場に引き戻そうという意図も、俺のオリジナルな動機として、なかったわけじゃねえ——ちょっかいをかけて、戻せるものなら記憶を戻したかった。またマムに率いてもらえるなら、戦場も悪くない——と言うとまた格好つけちまってるが、戦場に残すことになる、俺をマムと信じる部下達を見捨てるってことに後味の悪さを覚えるところが、マムと違って俺の凡人なところだ。それに、もうすぐ起こる第三次世界大戦を止めるためには、マムのカリスマが必要不可欠だからな」

さらりとそう言ってから、「ん。これは極秘事項だったか？」と、とぼけるようにホワイト・ホース――または二代目忘却探偵は言った。

「悪い悪い。今のは聞かなかったことにしろ」

「え？　いや、第三次世界大戦って――」

「言ってない言ってない。それに、大丈夫、あんたが思ってるような形じゃ起こらない。アインシュタイン博士の言う通りに」

第三次世界大戦がどのような形でおこなわれるかはわからないが、第四次世界大戦は石と棒でおこなわれることになるだろう――という、例の箴言を示唆しているのか、ホワイト・ホースはそう微笑した。

「こんな核シェルターじゃ、身を守れないのは確かだな。セカンドの俺じゃあとても止められない戦争だ。だから元祖マムをカムバックさせたいという気持ちもあったよ。二の次として」

「……一番の動機は、『探偵になりたかったから』？」

「マムみたいな女性になりたかったから、というのがより正確だ……、でも、そんなものだろう？　マムだって、名探偵になりたいというよりは、シャーロック・ホームズやエルキュール・ポワロ、ミス・マープル、明智小五郎や金田一耕助のようになりたかったんだろう？」

二十冊の本を読んだ、付け焼き刃の知識を披露してくれる。山高くして裾広し……、スターがいてこそジャンルは広がるわけで、ホワイト・ホースにとっては、今日子さんこそそういう存在だったわけだ。

罪深いな。

恩人の脳を撃つほどではないにせよ。

「第三次世界大戦をマムが阻止してくれれば阻止してくれるほど、俺は名探偵として、長い余生を過ごせるわけだ。だが、そうならなくても構わない。たった一日でも、マムのように過ごせるのであれば、俺はそれで本望なんだよ。ほら、なんだっけ、忘却探偵のキャッチフレーズ。『今日子さんには――」

「――今日しかない』」

明かされてみれば、なんのことはない。『意外な動機』どころか、世界平和を願うがごとく、平凡なそれだ。自分ではない誰かになりたいと憧れることなんて、誰にだってある――僕だって、子供の頃は名探偵になりたかった。

ただ、口では世界平和を願いつつも、具体的に何も行動しなかったように、名探偵への憧れを熱く語ろうと、何も行動を起こさなかっただけだ――僕とギリースーツの間に違いがあるとすれば、それだけなのだろう。

僕は冤罪王の依頼人になり。

彼女は影武者の狙撃手になった。

そしてかつて戦場でそうしたように、今日もまた、影は光にならんとする——

「……無理だと思いますよ。今日どころか、明日になっても、明後日(あさって)になっても、明明後日(しあさって)になっても——百日後にも、千日後にも、あなたは掟上今日子にはなれません」

忘却探偵はおろか、最速の探偵にも。

僕は言った。なぜ言った？

なぜわざわざ、『真犯人』を挑発するようなことを——記憶喪失の人間を相手にしているんじゃないんだから、刺激してどうする？　僕のほうこそ思い出せ、今の状況を。見えないのか？　相手が抱える狙撃銃が。

こんなときは適当に話を合わせてあげればいいじゃないか……、ご機嫌を取れよ、ユニークな着想を褒(ほ)め称(たた)えろ。全力でヨイショしろ。なのにどうしてわざわざ、相手の気分を害するようなことを言う？

喋り過ぎだ。僕も、そしてホワイト・ホースも。

戦場ではありふれている捕虜の拷問では決して起こりえない、推理小説の解決編のような、浮世離れしたやり取りである。

証拠能力のない自白に、得意げな秘密の暴露。こんなの、戦記では考えられない。

にもかかわらず、僕の口は勝手に動く。

二代目を逆撫(さかな)でする言葉を紡ぐ。

「あなたが僕を語り部と評価してくれたのは、当事者である僕から、掟上今日子の情報を引き出せるだけ引き出せたからなのでしょう——また、僕から見れば、二代目であるあなたこそが、今日子さんのバックアップでもあります。あなたがここにいることは、意外ではありましたが、僕の目的は果たされたとも言えます。ただ、僕の話はしょせん僕の話でしかないし、バックアップはバックアップでしかない……、似たようなものじゃあっても同じじゃありませんし、同じにはなれません」

現実には入れ替わりトリックは成立しない。

DNAを同じくする双子であってもだ。

「続けろ。興味が湧いた」

殺意もだが、とホワイト・ホースは顔色ひとつ変えずに、僕を促した——殺意は最初から溢(あふ)れていたように思えるが、その何事にも取り乱さないところは、確かに忘却探偵を、早くも摸(も)し始めているとも言える。

だが、そこまでだ。そこまででしかない。

「事実、あなたは一目で、僕に正体を見抜かれている——そんなにそっくりなのに、起き抜けの僕を相手に、今日子さんの振りもできていない」

「しようと思えばできたよ。初めまして、隠館厄介さん。探偵の掟上今日子です」

そう言ってぺこりと頭を下げる——なるほど、確かに最初にそれをされていたら、僕の持論は成立しなかったかもしれない。けれど、その行動が三十分後だったところが、既に最速の探偵ではない。

もちろん、もしも今回の事件が一冊の本だったなら、ギリースーツ姿の今日子さんがスナイパーライフルを構えた表紙で彩られることだろう。それが実は真犯人の姿だったという、カバーにおける叙述トリックが仕掛けられるに違いない。

第一段階で探偵性を奪われ、第二段階では遅刻するようになり、第三段階では音声のみの出演となり、第四段階ではついに出番がゼロになったかと思うと、ついに第五段階では代役が登場するというのは、もはや卓越した名探偵と言うよりは、連ドラのスケジュールが取れなくなった役者さんみたいだ。

それでも。

「ああ、そう言えばあんたは、俺がこんな風に、大切な本を踏み台にしていることを怒ってるんだっけ？　『今日子さん』ならそんなことをするはずがないって――悪い悪い、他人の怒りには鈍感でな。しかしそれはいいアドバイスだ、今後は正すよ。そう言えば、マムが引退する前……、暗殺される直前に、危険地帯に迷い込んだ日本の出版社の人間の、救出作戦に協力していたな。『戦場に図書を』って社会貢献だかなんだかだったらしいが……」

紺藤さんだ、と直感的に理解する。

なるほど、海外支部に勤めていた頃の紺藤さんが、今日子さんらしき人物と接点を持った……助けられたと言うのは、そのときのエピソードだったのか。まさか本当に命を助けられていたとは……、紺藤さんも、そりゃあ語りたがらないわけだ。

そんなの、ほとんど戦争体験じゃないか。

「そのとき、お礼代わりに誰だかって作家の本を何冊か受け取っていたが、もしもマムが、それで里心がついたんだとすれば、確かに本は大切にしないとな。見落としていたエピソードを思い出させてくれてありがとう。踏み台にするなんてとんでもない。でも、どうだろうな、それはあんたの思い込みなんじゃないのか？　本当に本を大切にするなら『読まない』ことが、一番の保存法なんじゃねーのか？」

痛いところを突いてくる。

読み込めば読み込むほど、本は傷む――それはこの書庫に並ぶ背表紙を見るだけでも明らかである。確かに僕の知る今日子さんは、本を踏み台にこそしないだろうが、しかし保存用の本を買うタイプの読書家ではない。むしろ水滴にも構わず、お風呂の中でも本を読んでしまうタイプだ。

それは本の利点でもある。

どんなに荒く扱っても、そう簡単には壊れないという——たとえ戦場でも。

僕のスマートフォンと違って、高層階から投げ落としたところで、内容が失われたりはしない。

「保存……、と言うなら、読み終わった本を、こういう風に保存しておく意味は、まったくないんですよ」

それを承知した上で、僕は言う。言わなくてもいいことを。

今ならまだ引き返せるかもしれないのに、開戦してしまった戦争のように。

「読み終わったら捨てたっていい。友達に譲るのもいいし、古本屋に売るっていうのもあります。それでも今日子さんは、こんな風に保存していた。第三次世界大戦ではどうだか知りませんが、少なくとも、核攻撃には耐えられるくらいの場所に。なぜだと思います？」

「滅茶苦茶知りたいねえ。興味津々だぜ」

「僕でもなくあなたでもなく、真実は、この文庫自体が、今日子さんのバックアップだからです——どんな風に本を読んできたかが、その人間を形成する」

「ははっ」

受けた。

しかし、ガッツポーズを取るには、迷彩色にペインティングされたその笑顔ほどにはご満足いただけなかったようで、「いかにも識字率の高い土地柄の言いそうなことだ」と、ホワイト・ホースは続けた。

「かつて地球上に存在した俺の故郷じゃあ——ちなみに、日本製の地図には載ったことはない——、土に石で絵を描くのが最高の娯楽だったぜ。もしもそれも素晴らしい文化だとか後世に伝えるべき芸術だとか抜かす奴がいたら、民間人だろうとボランティアだろうとぶっ殺してやる」

まるで僕がそう言ったかのように、彼女は抱きかかえていたスナイパーライフルの、持ちかたを変えた——捧げ銃、というわけではなく、細部を手入れするように。

これから射撃するにあたって、プロとして、慎重を期すように。

「あとは兵隊さんごっこかな。本なんてなかった。本を読んだという理由や、本を書いたという理由で、たくさんの大人が処刑されて以来。俺みたいな力尽くの戦犯よりもよっぽど酷い罰を受けていたぜ。まあ、確かにあんたの言う通り、どんな風に本に接したかで、人生が決まってたな――俺はマムに字を教えてもらうまで、本なんて読んだことがなかった」

だからエチケットがなってないのは勘弁してくれ――と、銃をいじくり続けながら言われても。本はともかく、銃の扱いなら、文字通りのお手の物だ。

「でも、俺にも言わせてもらえるなら、あんたは本に意味を見出し過ぎだぜ。あんたも、マムも。そんなの、戦争に意味を見出すくらい馬鹿馬鹿しい。本なんて結局は、映画の原作だろ？」

その意見の是非はともかく、名探偵ではなく、今日子さん自身になろうとしているという立ち位置を確定させる証言ではあった――とは言え、映画界への強い主張があるわけでもないようで、「とか言うのもまずいんだな」と、すぐに前言撤回する。

「わかったわかった、戦犯とは言え従軍経験のある俺だ、アドバイスには従うよ。さっきも言ったが、正直、面白みは全然わからねーけど、それでマムになれるって言うのなら、とりあえずこの書庫にある本は、全部読ませてもらうさ。そう、今日中に」

やってのけるだろう、『彼女』が今日子さんのバックアップであるならば。

だが、それじゃあ駄目なのだ――熱意は買うが、この拷問役は、僕という捕虜の発言を、よく聞いていなかったようだ。

「本は読めばいいというものじゃないんです。どんな風に読んできたかがその人間を形成する――って言ったでしょう？　どんな風に。一冊の本を、一時間で読むのと、一日かけて読むのと、一週間かけて読むのとじゃあ、意味がぜんぜん違うんです」

それは今日子さんとてそうだ。例外にはならない。

好きな作家の百冊の本を、昼夜問わず五日間ぶっ通しで一気読みしたときには、あまり楽しめていなかった――と言うより、ぜんぜん楽しめていなかった。同じ本を、同じ人物が読んでも、ほんの少し初期条件が違うだけで、感想は真逆になりかねない。

「読む速度だけに限りません。内容が同じ本でも、版元が違うと、不思議なことに、中身が違ってくる――カバーのデザイン。栞のデザイン。ハードカバーとソフトカバー。シンプルに値段。どこの本屋さんで買ったか。書店で買ったか、古本屋で買ったか、友達から借りたか。新訳版か、総ルビか。初版か、改訂版か、私家版か。親に買ってもらった本か、祖父母に買ってもらった本か、自分のお小遣いで買った本か。発売日に買った本か、買ってから半年寝かせて読んだ本か。映画を見てから読んだ原作か、映画の予習で読んだ原作か。ベストセラーランキング一位であることを知って読んだ本か、賛否両論の物議を醸していることを聞いて読んだ本か、そういった下馬評を一切知らずに読んだ本か。百万部突破する本の、一部目と百万部目は、ぜんぜん違う。どういう場所で読んだ本か。同じ本でも、親に勧められて読むのと、恋人に勧められて読むのと、好きな作家の推薦文に惹かれて読むのとじゃあ、印象が違う——周囲で誰も読んでいない本を読むときと、仲間内で読書会を開くとき。本を読む順番。系譜に従って読むか、逆流するか。出会いによっては、どんな素晴らしい本だって、まるで頭に入ってこなかったりもする——あとから思えば不謹慎でグロテスクな悪趣味本に、人生を変えられることもある。お祝いにもらった図書カードで買った本は？　もちろん違う。心理状態によって、あるいは年齢によって、立場によって、境遇によって、主人公に共感することも、悪役に共感することもある。入院中に読む本と、戦時中に読む本が、同じわけがないでしょう？　どんな風に本を読むかで人間を形成されるっていうのは、そういうことですよ」

たとえ一日以内にこの掟上文庫を読破できたところで、それは今日子さんの読書体験とはまったく違う——この防空壕に並ぶ掟上文庫がバックアップとして機能するのは、今日子さん本人だけなのだ。

破れた表紙や折れたページ、コーヒーをこぼした汚れ、癖（くせ）のついた見開き、染（し）みやよれや並べかた、それらのひとつひとつが記憶の扉をあける鍵となる——つまり、あえて照れずに、声を大にして表明するなら、これが本当の。

『掟上今日子の備忘録』——だ。

「わかったでしょう？　もしも同じように読みたかったら、一日や二日や、十日や百日じゃ足りません——二十五年かかる。つまり、約一万日後には、ひょっとしたら今日子さんになれるんじゃないですか？　ともすると、名探偵にも」

「——残念だよ」

心の底から残念そうにそう言って——ホワイト・ホースはスナイパーライフルを、まるでハンドガンのように気さくに片手で構えて、その銃口を僕へと向けた。そんな撃ちかたをすれば自分もただじゃ済みそうにないと、プロならぬ素人でも思うのに、まるで構いもしない構えかただ。

「常連客として、あるいは俺の語り部として、生かしておいてやってもいいと、思い始めていたんだがな——探偵のそばにい続ける依頼人のあんたを、羨ましいと言ったのだけは、嘘じゃなかったのに。まあいい。探偵事務所を再開するにあたって常連客を失うのは惜しいけれど、語り部なら他にもいるだろう。警備員とか、警部とか、自称親友とか」

「……いるでしょうね」

「ところで疑問なんだが、むかついたからって理由で殺されることは、推理小説じゃあないのかい？　戦場じゃあ割と当たり前なんだが——敵味方問わず」

そういうのはミステリーにおいては、一般にスマートではない動機とされる——なんて言っても、いい命乞い（いのちご）にはならないだろう。論破したからと言って、潔く出頭してくれる犯人ばかりではない——読破したからと言って、身になる読書ばかりではないように。

やれやれ。参った参った。

この冤罪王は、いつか身に覚えのない濡れ衣で、広場でギロチンにかけられることになるのだろうと予測していたけれど、それはてんで的外れな将来設計だったというわけだ——軍人を侮辱したという、至極真っ当な罪で、思いがけずの銃殺刑とは。

しかし、嬉しいと言ったら異常だし、見え見えの強がりでしかないのだけれど、取調室で自白を強要されるまでもなく言いたいことを言って、どこか満足している隠館厄介もいた——自身の潔白を証明するために、あえて和解に応じずに裁判に臨んだ容疑者のように、掟上今日子の語り部として、語り尽くした。

本に囲まれて死ぬというのも本懐だ。

それに、最高にファンタジーじゃないか。

スナイパーの濡れ衣どころではないロマンスだ。核シェルターという、これ以上ない密室殺人事件の被害者になれるだなんて——欲を言うなら、その密室を今日子さんに解いてもらえたら、言うことはなかったのに。

だけどもう忘却探偵はいない。誰も彼女にはなれない。

いたとしても……、弾丸よりは速くない。

「さようなら、厄介さん」

最後にスナイパーは、まるで二十五年間読んだ推理小説の集大成のようにそう言って、いともあっさり、なんのためらいもなく、トリガーを引いた。

最速で、最終の弾丸が。

『掟上今日子の徴兵制』――銘記

最終話　掟上今日子の終戦日

ここはどこ？　僕は誰？

危うく、僕ともあろう冤罪王が、そんな忘れ去られた台詞を呟くところだった、目覚めた先の、病院のベッドの上で——野戦病院でもなければ、防空壕の中でもなく、まるで物語が冒頭に返るエンドレス・ストーリーのごとく、僕が真っ先に容疑者扱いされた重役狙撃事件の起こった例の病院の、しかも、粉々に割れた窓は新調されているとは言え、事件現場となった個室だった。

この僕がＶＩＰ扱いとは。ＲＩＰならまだしも。

空き病室の少なさに恐れ入る——請求される入院費が怖い。

「お目覚めですか？　薬師館（やくしだて）さん」

と。

まだ片目しか開いていないような状態のうちに、ベッド脇（わき）のパイプ椅子に腰掛ける人物から声をかけられた——総白髪で眼鏡の彼女が座っていると、パイプ椅子でさえ、安楽椅子のようだった。

「隠館さんでしたっけ。初めまして。探偵の掟上今日子です」

「…………」

えっと？

今度こそ夢？　夢の中で夢を見ていたのか？

そんな『入れ子構造』も、かつてミステリー界では一世を風靡(ふうび)したものだが……、総白髪で眼鏡の女性は、病院のお見舞いに似つかわしい落ち着いたシックなファッションで、間違ってもダサパジャマではないし、またギリースーツでも、迷彩メイクでもない。積み上げた本に座っていないことも、先述した通りだ――そして抱きかかえているのは、スナイパーライフルではなく、カバーのかかった一冊の本だった。

人の名前を覚えず言い間違え続けると言うのも、名探偵のキャラとしては定番である。

「僕は……、死んだんですか？　撃たれて……」

これは夢じゃなくて、死後の世界？

ありうる話だ。少なくとも、僕が生きているという可能性よりは、まだ死後の世界のほうがありそうだ。僕は今日子さんと違って、頭を撃ち抜かれてなお生きていられるほどタフでも、幸運でもないのだから――いや、でも、だとすれば、タフで幸運な今日子さんが、ベッド脇にいるのはおかしい。ここが死後の世界じゃない証拠だ。

「そうですね、『状況証拠』は揃ってますね」

今日子さんはにこやかに言った――ミステリー用語を。

「そしてこの本が、『物的証拠』になるのでしょうか」

そう言って、手にしていた本を、「堪能しましたので、お返ししますね」と、ベッドの上に丁寧な手つきで置いたのだった。

「……差し上げたつもりでしたよ。お見舞いの品ですから」

まだ前後不覚のままだったが、その本の正体はわかる――沖縄へのフライト直前に、紺藤さんに頼んでおいた『伏線』だ。できる男の配慮だろう、のし紙のようなカバーがかかっているけれど、その厚さからしておよそ間違いないと思う――須永昼兵衛著『のたくり神』である。

今日子さんが最初に読んだという須永昼兵衛の推理小説だ……、映画から入ったと言っていたっけ？

白状すれば、あれは逃亡犯が軽口を叩いただけで、言うほど伏線のつもりだったわけでもない。入院中、暇になった今日子さんが余計な行動を取らないように――たとえば、地雷を踏んだ見舞客を、好奇心旺盛に訪ねたりしないように――昔、探偵になる前に好きだったと聞く本の宅配を依頼しただけである。テレビやインターネットで下手に最新の知見を入手されたり、ダサい服を買われたりするくらいなら、情報の古い昔の本を読んで大人しくしておいてもらおうという算段だった。その時点では、今日子さんの手持ちの本はすべて焼き払われたと思っていたし――まさか地下で戦火を免れているとは思いもよらなかった。

ミステリー用語を忘れた今日子さんが、愛読していた推理小説を読めば、感動的に記憶を取り戻すに違いない――などと、都合のいいことを企んでいたわけでは、決してないのだ。今日子さんに引退を決意させたのが、戦場に迷い込んだ出版社のエリート社員が現地に持ち込んだ図書だったなんて話は、その時点では、僕は知らなかったのだから。

むしろ無駄だとも思っていた。ミステリー用語を忘れてしまっているのなら、推理小説など、知らない外国語の本を読むようなもの――とまでは言わなくとも、漢字が読めないままに、平仮名だけ拾って本を読むようなものだろう。興味がない分野の専門書くらい頭に入ってこないかもしれない。

そうでなくとも、不起訴処分の容疑者から送られてきた謎の本を、読んでくれるかどうかも怪しかった――僕と同じくらい怪しかった。素性の怪しい人に勧められると、その本を読みたくなくなってしまう現象は、よくあるエピソードだ。

だが――あの地下シェルター。

掟上文庫を見れば、僕の目論見は、むしろ謙虚だったとさえ言える――あれ自体が、忘却探偵・掟上今日子を形成する備忘録だったとするのなら、だ。縁の下の力持ちと言うには、あまりに合縁奇縁である。

戦場体験同様の、読書体験。

「……思い出したんですか？　今日子さん」

「はい。思い出しました。忘れることを」

言って、今日子さんは左袖をまくる――そこにはもちろん、こう書かれている。

『私は掟上今日子。探偵。二十五歳。置手紙探偵事務所所長。眠るたびに記憶がリセットされる。』

忘れることを思い出した……。

それがいいことなのか悪いことなのか、僕はすぐには判断できなかった――やはり真っ白な前髪に、カムフラージュのように隠れていた小さなガーゼはそのままだが、スナイパー、ホワイト・ホースがあれやこれやと刺激を加えて、蘇らせた戦場の記憶は元の木阿弥、再び空白へと回帰させられたということ――まさか回帰するために、三度頭を、自分で撃ち抜いたということはなかろうが……。

じゃなくて。

ホワイト・ホースは？

今日子さんにそっくりの、あの影武者はどうなった？　そして、彼女に銃殺刑に処されたはずの僕は？　遅まきながら僕は焦り、咄嗟に上半身を起こそうとするも、今日子さんに「落ち着いてください、隠館さん」と、あっさり制される――額に人さし指を置かれるだけで、動けなくなる。

まるで狙撃されたように。

「ご自愛ください。死にかけたことに違いはないのですから」

「…………」

死にかけたの？　やっぱり？

しかし、今日子さんが押さえる僕の額に、どうやら弾痕はないらしいし……、この冤罪王がミステリー用語を忘れているということもない。『冤罪』もミステリー用語だとするならなのだが。

「ホワイト・ホースさんは、地元警察に拘束されたのちに、ＦＢＩ捜査官へと引き渡されたそうですよ」

「――ＦＢＩ」

「私を狙っただけでしたら、エンディングにおける探偵の特別裁量で、見逃してさしあげてもよかったのですが……、『彼女』は最初にこの部屋で、大企業の重役さん、つまり無関係の第三者を狙撃していますからね」

日本の法律に従って、連邦法で裁いていただけなければ――と、今日子さんは澄ました顔で言う。澄ましたスマイルで。

「もっとも、すぐに釈放されることになるでしょう。あのブロンコを閉じ込められる檻(おり)は存在しないでしょうから」

「今日子さんが……、僕を、助けてくれたんですか?」

訊くまでもない。それ以外には考えられない――けれど、どうだ、それのほうがよっぽど考えられない。静かに逆上したホワイト・ホースは、僕に向けて引き金を引いた――放たれる弾丸よりも速く僕を救出することなんて、そんなの、『不可能犯罪』よりも不可能だ。

記憶喪失であることを思い出した今日子さんが、破壊された探偵事務所の地下にスペースがあることを『推理』すること自体は、まあ容易だろう。かつての影武者はおろか、僕にだってできた『推理』だ。発動された網羅推理が、その可能性を見落とすはずがない。なんなら、自分がそのシェルターに、何らかの備忘録を封印していることにまで思い至れば、入院中だろうと真夜中だろうと、読みにいかないわけがない。

名探偵のアイデンティティを。

完全なる忘却探偵となるために、つまり記憶喪失をより強固にするために、廃墟を訪ねるのは『論理的帰結』だ――単に『のたくり神』を再読した今日子さんが、他の須永作品を読みたくなっただけという線もあるとして、だから、あの捕虜拷問の現場に今日子さんが駆けつけたとしても、それ自体は、最速の探偵として、ごくごく自然の展開であると、言えなくはない。

だが、それでも、間に合うはずがないのだ。

さしもの最速も、放たれたライフル弾より速いということはないと、まさにこの病室で証明されたはずであって——

「ええ。放たれたライフル弾より速いということはありません——ただし、放たれなかったライフル弾よりは速いです、この最速の探偵は」

「……そりゃそうでしょうけど」

そんなのは静止した弾丸である。僕だって、そのライフル弾よりは速い。亀（かめ）だって速いだろう……、ん？

「つまり……、不発だったってことですか？」

一定の確率で起こりえることではある。むしろ戦場では頻繁だとも言えるだろう。ジャムる、というのだっけ……、だがしかし、そんな不手際がないように、ホワイト・ホースは、ムカついた僕に銃口を向ける前にさえ、ああも入念にライフルの手入れをしていたのではなかったか？

「不発にしました。シェルター内の酸素濃度を下げて」

部屋が暑いのでクーラーの温度を下げました、みたいな風にそう言われて、僕は「あっ」と、小さなリアクションを取ってしまった――名探偵の謎解きに対して、いいリアクションだったとはとても言えないが、その瞬間、明かされた真相に驚いたと言うよりは、いろんなことに納得がいってしまって、むしろ脱力したのだ。

核シェルターだとしても、書庫だとしても、あの地下空間では、空調は完全に管理されていなければならない――温度、湿度、そして酸素濃度。国会図書館と同じように、火災があった際には、スプリンクラーではなく空調で消火できるような仕組みがあるに違いないと、僕は推測したはずだ――そして完全なる密室。

「弾丸は真空中でも発射できると言いますが、それは真空中でも人間が生きていられたらのお話ですよね――『なお、空気抵抗は考えないものとする』でしょうか？」

酸素がなければ、引き金は引けない。

当然、本の酸化も防げるという運びだ――ああ、なるほど、道理でぺらぺら、訊かれるがままに今日子さんの情報を漏らしてしまったわけだ。ホワイト・ホースも、そんな必要もないのに、時代劇の悪役のごとく、『秘密の暴露』をまくし立て、犯行動機が奈辺にあったのかを明らかにし、のみならず、あまりにも短絡的に僕を射殺しようとしたことにも、これで説明がつく。

単純に酸素不足だ。酸欠である。

僕も『彼女』も、血中酸素濃度が低下し、論理的な思考ができず、通常の判断力を失っていた――確かにライフル弾は不発だったかもしれないが、酸素濃度の低下のせいで射殺されそうになったのであればマッチポンプもいいところだが、そもそも、それが今日子さんの目的だったわけでもないのだろう。

あくまで、密室内の犯人を制圧することが目的だった――コンクリートを使っての地雷処理よりよっぽど乱暴ではあるし、また、僕ごと、というところが取り上げたい問題点ではあるが、なるほど、鮮やかな密室トリックである。

引き金を引く指さえ固まるほどに酸素濃度が低下していたのであれば、その後、僕も『彼女』も、すぐに意識を失ってしまっても当然だな……、病院で目を覚ますのも、また当然か。それはそれで、生きているのが不思議だ。墓場で眠り続けていてもおかしくなかった。

死にかけたことに違いはないって……、あなたが殺しかけているじゃないか。

助けてもらったようでいて――光と影、両面攻撃の殺人未遂だ。思えば、最初に寝技で、窒息させられかけていたし……、影武者と武者の瓜二つさを、期せずして体感させられたわけだ。

「うふふ。それでも隠館さんは幸運ですよ」

「そりゃ、まあ……、生きているだけでも」

「私と同じで身体が小さかったからですかね。真犯人の白馬さんは脳への酸素供給が足らず、気絶から目が覚めたときには、記憶喪失になっていたそうですから――自業自得ではありますが、しかし、望むところでもあったのかもしれませんね」

忘却探偵になりたかったのなら。

と、今日子さんは言った。

僕とホワイト・ホースとのやり取りを、いったいどこから聞いていたのだろう……、どの部分から、という意味でもあり、どの位置から、という意味でも。案外、一番最初にあの地下シェルターに到達していたのは、僕でもギリースーツでもなく、今日子さんだったということもありそうだ。

最速の探偵ゆえに。

僕は印象的な書庫だけに囚(とら)われてしまったが、当然ながら、書庫以外にも何らかの生活空間や、室内管理のコントロールパネルのある機械室とか、潜める空間はあっただろうし……、名探偵と言うより、まるでデスゲームの主催者みたいだ。ホワイト・ホースが僕に強いた自白が、隣室で耳を欹(そばだ)てる今日子さんへの再インストールにも役立っていたのだとすれば、語り部冥利(みょうり)に尽きると言っていいのかもしれない。

「気になって三日三晩ほどここで徹夜してしまいましたが、どうやら隠館さんは記憶を失っていないようでほっとしました。依頼人の利益を守れたことが、探偵として誇らしいです――支払いは現金でお願いしますね」

三日三晩、付きっ切りで看病してくれていたのだとすれば感動を禁じ得ない――まあ、僕にもしものことがあれば、本当に『探偵＝犯人』の結末になりかねないという事情もあっただろうし、また、記憶喪失であることのみならず、守銭奴であることまで思い出してしまったようで、今日子さんはさらりとそう言って、パイプ椅子から立ち上がる。個室の入院費よりも、僕はそちらの心配をしなければならないようだ――そう思ったが、「なんてね」と、守銭奴は悪戯っぽく微笑した。

「隠館さんの差し入れのお陰(かげ)で、私は忘却探偵に戻れたのですから、今回ばかりはボランティアということにしておきましょう――ありがとうございました。このご恩は一生――もとい、一日忘れません」

そう言って、深々と白髪頭を下げた。

無料。

僕が以前とは違う意味で言葉を失っていると、

「では、私はこれで失礼します。と言っても、帰る家もありませんが――今後とも、置手紙探偵事務所をご贔屓にお願いしますね。探偵事務所もありませんが」

と、今日子さんは、長居は無用とばかりに、さっさと退室しようとする——見舞客としては正しいマナーだが、しかし。

「あ、あの」

僕は無粋にも、去り際の今日子さんを呼び止めてしまった。

「えっと……、これからどうされるんですか？」

「どうもこうも。退院許可は下りたとは言え、先述の通り、おうちもなくなっちゃいましたし、ひとまずはホテルで療養ですかね。事務所再建のために、がむしゃらに働かなければ。でも、とりあえずはまず寝ます。三日三晩分、七十二時間ほど」

「帰る家がないからって、戦場に帰ったり、しませんよね？」

僕とギリースーツの対話を聞いていたと言うのなら、『彼女』の目論見——もうひとつの目論見も、聞いていたはずだ。あくまで二の次の目標だったとは言え、今日子さんを戦場にカムバックさせるという犯行動機……、かつてのボスに第三次世界大戦を阻止させようという、世界平和への祈りを、今日子さんはどう聞いたのだろう。

果たして。

「人違いですよ」

と、首だけで振り向いて今日子さん。

　肩を竦めるリアクションは、ＦＢＩ捜査官や影武者よりも、更に絵になっていた――人違い？　それは……、ギリースーツではなく、僕から出た言葉じゃなかったか？

「世界には自分に似た人間が三人いると言いますからね。きっと白馬さんは、マムさんとやらと私を、人違いなさったのでしょう――いやあ、あるんですね、そんな偶然も。私がかつて戦争に参加していたなんて、そんなことは絶対にありえません。見てください、この細腕を」

　言って、もう一度、腕まくりをする。

　探偵のＩＤが書かれた、その左腕を。

「隠館さんもそんな馬鹿げた空似、もとい空想を、人に言いふらしたりしないほうがいいですよ」

「……本気で言ってるんですか？」

「ええ。まったく記憶にありませんもん」

　それを言われてしまうと、話が終わってしまう――ぐだぐだのままに、あとのことを何も考えずにいきなり終戦してしまう戦争のように。

　しかし、まだ終わらせるわけにはいかなかった。

　謎や不思議でこそないが、しかしどうしても解決しておかなければならない疑問点が、ひとつだけ残されている――人によっては些細なことかもしれないが、僕にとっては、他の何よりも重要だ。場合によっては、忘却探偵の過去よりも。

「今日子さん」

「はい？」

「今日子さん――ですよね？」

言っておくが、別に、ギャランティをロハにしてもらったから、疑念が生じたというわけじゃない……、いや、もちろんそれも重要な根拠ではあるのだが、しかしそもそも、僕は、自分の判断に自信が持てなかった。本を踏みつけにする以上に、疑わしかった。

酸素が濃かろうが薄かろうが、だ。

書庫の推理小説をすべて読破したところで、ホワイト・ホースは忘却探偵にはなれない――戦争の話を聞いただけで戦争に行ったつもりになることが許されないように、読書体験を追体験することなどできない……、銃口を向けられながら、酸素欠乏で正気を失った僕はそう言ったけれど、しかし、案外できてしまうんじゃないかという気もしなくもない。

だって、本どころか、誰かの書いた読書感想文を読んで、自分が読破したつもりになることだって、人間にはできるのだ――本を持っていなくてもグッズを持っていれば、それで愛読者のつもりにだってなれる。僕達はいったい、読んでない本の名言を、どれだけ引用している？　未読であろうと知った風に語れる本こそが名作である、なんて見方もある。

今日子さんが『のたくり神』で、己の記憶喪失体質を思い出したと言うのであれば、同じように あの書庫で、同じ脳を持つホワイト・ホースは、あっさり掟上今日子になれたんじゃなかろうか——外部から酸素濃度をコントロールすることによって、僕とギリースーツが意識不明に陥ったというのは、揺るぎない真実かもしれない。

それによって、戦犯が自業自得の記憶障害を負ったというのも——だが、そうやって真っ白になった彼女にならば、読書体験を詰め込めるんじゃないのか？

二十五年分の読書体験を、一日にして。

僕が受けていた取り調べを別室で聞いていた今日子さんは、己の身代わりを——かつて影武者を徴兵したときのように——身代わりの探偵を仕立て上げ。

そして『彼女』の腕に、直筆の備忘録を書き込んで、その後はＦＢＩ捜査官の計らいで、己は既に戦場に帰ったのでは——第三次世界大戦を止めるために。

『入れ替わりトリック』。『探偵＝犯人』の。

「なるほど、なるほど。それは確かに、『合理的な疑い』の余地がありますね——世界大戦がまだ始まっていないことが、『状況証拠』というわけですか。私は名探偵として、かけられた冤罪を、晴らさねばならないのですね」

立ち去ろうとした今日子さんは、まくりあげた腕に書かれたその正体を、または鑑札票のアイデンティティを疑われても、さして気分を害した風もなく、しかし開け放たれていた病室の扉を逆に閉めたかと思うと、続いて窓のほうへと向かう。

「今日（こんにち）の私に言わせれば、世界大戦はとっくに起きていて、日本もそれにしっかり参戦しておりますが、ね。それはまあいいとしましょう」

あまりいいとできないことを言いながら、換気のために開けられていた窓も鍵まで閉めて、更にカーテンも引く——遠方にスナイパーがいるはずもないのに。

おいおい、なぜ病室を密室にする？

先日、余計なことを言って射殺されかけたばかりなのに、僕は今日も今日とてまた馬鹿なことを——窓際から、地底よりも底の知れない笑顔で、僕のほうへとすたすた戻ってきた今日子さんは、しかしパイプ椅子に座り直すのではなく、「失礼」と、両手を使って、そのまま自然な流れで不自然にも、入院患者の病床へとよじ登ってきた。

「きょ、今日子さん？」

「考えてみたら、ベッドがここにあるのに、わざわざホテルに行く必要なんてありませんよね。寝たいだけなら」

反射的に起き上がろうとする僕を、今度は胴体にまたがることで、今日子さんは制止する

――核シェルターで戦犯から喰らわされた軍隊格闘技とは明らかに趣を異にする、無駄な抵抗を封じる寝技だった。

そして今日子さんは、身元の確認を強いるように、その顔を僕の間近に近付けてくる――掟上今日子でしかないその顔を。

「私を偽物とお疑いでしたら、どうぞお好きなだけボディ・チェックをなさってくださいな。座高を測っていた時代のように、隅々(すみずみ)まで」

『掟上今日子の終戦日』――忘却

付記

半年後、里井有次先生の新作『伝書鳩のレース』が発表された。

言っていた通り、嫌なことが何ひとつ起こらない、ゆるふわな学園コメディだった——ただし、学園の外では百年以上戦争が続いているという世界観だ。目を背けたくなるような虐殺と空爆の中、嫌なことが何ひとつ起こらず、笑顔を絶やさず、平和に暮らす子供達。

たとえこれまでのヒット作のように広く受け入れられることはなくっても、戦争を知らない若い読者の心に、すぐには届かなくっても、経済効果以上に、これは世に出す価値のある作品だと僕なんかは思わされたが、あにはからんや、ちゃんと普通にスマッシュ・ヒットした。

天才ってすごいね。

『掟上今日子の鑑札票』——忘却
ただし戦争と平和を忘れずに

あとがき

　人間は生きているだけで色んなことを忘れていくものですけれど、忘却にも二種類あって、『言われたら思い出せる』ことと、『言われても思い出せない』ことは、致命的に違います。これは憶えかたにも似たようなことが言えて、『常に憶えている』ことと、『言われたら思い出せる』ことは、同じ『憶えている』でも、結構違うように感じます。服でたとえたら、普段着と余所行きみたいなものでしょうか？　服自体は確実に持っているんだけれど、どこにしまったっけ……、箪笥を開けてみれば、こんな服を持ってたっけ、いつ買ったっけ、でも現実として所有していることは間違いなく……、着なくなって処分したとしても、服を持っていた記憶だけは残っていたりするパターンもありますか？　いや一回絶対に覚えたし、知っていることのはずなんだけれど、私は何を知っていたんだっけ？その分野を勉強したこと自体は身に憶えがあっても、勉強した内容を憶えていない学校の試験みたいな感じで、そうなるといっそ、勉強したことごと忘れられたほうが、変なもどかしさを抱かずに済むのではないでしょうか。憶えているはずのことを思い出せないくらいだったら、周囲から指摘されても『いや、そんなことはまったく知らない』と強く言い張れるほうが、本人はすっきりするのかもしれません。

　内幕としては、そもそもメフィストの休刊号に掲載する特別な短編として第一話を『掟上今日子の記憶喪失』というタイトルで執筆した小説でして、『記憶喪失であることを忘れるってどんな感じかな』がテーマだったのですが、次からはまたリセットして、何食わぬ顔の忘却探偵に戻そうと思っていたところ、実際に書いてみるといささかそういうわけにもいかず、久々に僕も天井の文字とかを思い出しました。そんなつもりはなかったのに、まさかあの人が登場することになるなんて……結果的には、原点に立ち帰る、より特別な長編を書き下ろせたことになったのではないでしょうか。そんな感じで本書は百パーセント趣味で忘れた小説です。忘却探偵シリーズ第十三弾、『掟上今日子の鑑札票』でした。『五線譜』はまだ思い出せますが、はて、『伝言板』……？

これまでのジャケットを踏襲しつつも一味違う今日子さんを、ＶＯＦＡＮさんに描いていただきました。ありがとうございました。ブックデザインも格好いいですし、ここで忘れずに格好いいと言える世の中であってほしいですね。シリーズは第二十四弾まで書く予定ですが、その頃にはどんな『今日』を迎えることになるのでしょう。

西尾維新

初出――本作品は、書き下ろしです。

西尾維新

1981年生まれ。第23回メフィスト賞受賞作『クビキリサイクル』（講談社ノベルス）で2002年デビュー。同作に始まる「戯言シリーズ」、初のアニメ化作品となった『化物語』（講談社ＢＯＸ）に始まる〈物語〉シリーズなど、著作多数。

装画

VOFAN

1980年生まれ。台湾在住。代表作に詩画集『Colorful Dreams』シリーズ（台湾・全力出版）がある。2006年より〈物語〉シリーズの装画、キャラクターデザインを担当。

協力／©AMANN CO., LTD.・全力出版

掟上今日子の鑑札票

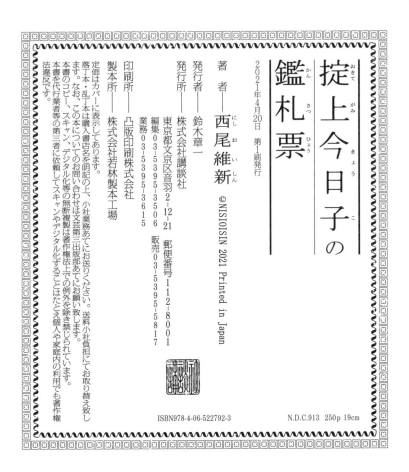

2021年4月20日　第1刷発行

著者――西尾維新

発行者――鈴木章一

発行所――株式会社講談社
東京都文京区音羽2-12-21　郵便番号112-8001
編集03-5395-3506
販売03-5395-5817
業務03-5395-3615

印刷所――凸版印刷株式会社

製本所――株式会社若林製本工場

ISBN978-4-06-522792-3　N.D.C.913　250p　19cm

西尾維新
NISIOISIN
Illustration / VOFAN
講談社

シリーズの垣根を越えて
ヒロイン達が、阿良々木暦と対面!!
西尾維新
初の
クロスオーバー小説集、好評発売中!
Illustration 渡辺明夫

混マゼモノ物ガタリ語
これぞ夢の
コラボ！
コラボ！
コラボ！
西尾維新
青春は、混ぜたら危険か知りたくて。
定価:本体1850円(税別)
KODANSHA BOX